DATA: 39:09:26

NÚMERO DE SÉRIE: 8834991-X

ITEM:

Manual do Império: Guia do Comandante

DESCRIÇÃO:

Pequeno volume impresso com capa preta

ARQUIVADO POR: Comandante Luke Skywalker, Comando da Aliança

Esta cópia do Manual do Império data de pouco antes da destruição da primeira Estrela da Morte, na Batalha de Yavin. As forças armadas Imperiais pararam de distribuí-lo logo após o acontecimento. Por isso, é raro encontrar um em bom estado.

As informações neste exemplar podem ser vitais para o esforço de guerra, agora que o Império está na defensiva após nossa vitória em Endor. Este volume revela a composição e a organização do Exército e da Marinha Imperiais, da Tropa de Stormtroopers, além de uma surpreendente quantidade de detalhes a respeito das tecnologias experimentais e superarmas.

Chamamos alguns oficiais do alto escalão para dar suas opiniões sobre o assunto, entre os quais o General Carlist Rieekan, do Comando da Aliança; o desertor do Império, General Crix Madine; o Comandante Wedge Antilles, do Esquadrão Vampiro; a Comandante-Chefe Mon Mothma; e até Han e Leia. Mal posso esperar para começar.

MANUAL DO IMPÉRIO

GUIA DO COMANDANTE

PARTE III: O EXÉRCITO IMPERIAL

PARTE IV: A TROPA DE STORMTROOPERS

PARTE V: A DOUTRINA IMPERIAL

INTRODUÇÃO

Por Sua Majestade Imperial, Imperador Palpatine

O Império existe há dezenove anos, mas está prestes a reinar por mais um milênio. A mudança da República para o Império representa uma transferência de poder jamais vista na história da galáxia. Mas a República não podia mais continuar, e seu povo estava desesperado. Quando os políticos reunidos da República se recusaram a escolher entre o sucesso e a ruína, eu escolhi por eles.

Nós alcançamos a glória na unificação. Sob o Império, celebramos:

» **UM GOVERNANTE**
» **UM CÓDIGO DE LEIS**
» **UM IDIOMA COMUM**
» **UMA EDUCAÇÃO EM PROGRESSO SOCIAL**

E o Império não tolera os que tentam quebrar essa unidade. Violência se combate com violência. É o único idioma que rebeldes e traidores entendem.

Por ser um comandante a meu serviço, você é parte da maior força de combate da história da galáxia. Saiba o seu lugar — e faça o seu trabalho.

Imperador Palpatine

PARTE I

AS FORÇAS ARMADAS IMPERIAIS

Por Almirante Wulff Yularen

O Império é vasto, e nossos agentes estão em todo lugar. Com isso, desmoralizamos os inimigos. Com isso, inspiramos aqueles que são leais a nós.

A escala da máquina de guerra Imperial não tem precedente. Nunca antes na história da galáxia uma força de combate desse porte foi reunida. Nunca com estes números, nunca com tanta variedade, e nunca em tantos planetas. Resta pouco na galáxia fora do controle do Império, e, quando o Imperador deseja, anexar um planeta é um ato trivial.

Isso não significa que não tenhamos desafios. Os cidadãos se tornam indolentes e preguiçosos com facilidade, e, a partir daí, o mundo do crime ou a traição os seduz. As forças armadas Imperiais sempre se fazem presentes para lembrar aos cidadãos as consequências que irão encarar caso se percam. Os que são leais se sentirão reconfortados com a presença das forças armadas Imperiais, que se certificam de que os bárbaros alienígenas nunca ficarão à solta nas cidades de seus planetas de origem.

Este manual foi feito para você, oficial a serviço do Imperador, com o intuito de que compreenda o escopo de suas responsabilidades e a honra que lhe foi concedida.

"SOB A NOVA ORDEM IMPERIAL, NOSSAS CRENÇAS MAIS ESTIMADAS SERÃO SALVAGUARDADAS. DEFENDEREMOS NOSSOS IDEAIS COM A FORÇA DAS ARMAS. NÃO DAREMOS TERRENO AOS NOSSOS INIMIGOS E NOS UNIREMOS CONTRA ATAQUES INTERNOS OU EXTERNOS. QUE OS INIMIGOS DO IMPÉRIO TOMEM CUIDADO: OS QUE DESAFIAREM AS DECISÕES DO IMPÉRIO SERÃO ESMAGADOS."

— EXTRAÍDO DO DISCURSO INAUGURAL PROFERIDO PELO IMPERADOR PALPATINE, EM 16:5:24

Eu estava sentado na minha cadeira no Senado quando o Imperador Palpatine proferiu essas mentiras deslavadas. O aplauso dos meus colegas foi a pior parte. —Mothma

A NOVA ORDEM IMPERIAL

—NOSSO CAMINHO PARA A VITÓRIA—

O projeto de governo do Imperador Palpatine chama-se Nova Ordem. É um nome apropriado para um sistema que aboliu a falta de prática e a desordem da Velha República.

A Nova Ordem é uma resposta direta aos fracassos da Velha República, bem como uma sábia correção aos seus excessos. Sob a Nova Ordem, democracias falhas do tipo "todo mundo tem razão" foram substituídas por uma estrutura clara — autoritária e militarista ao mesmo tempo. Seus dogmas são defendidos pela Comissão para Preservação da Nova Ordem (COMPNOR). Entre os benefícios dessa estrutura encontram-se:

» **AUTORIDADE CENTRALIZADA.** Não há dúvida sobre quem está no comando, e isso evita senadores que querem fazer carreira com seus discursos.

Em vez disso, eles substituíram pelo carreirismo de tribuna entre os moffs e os almirantes. —Leia

» **FORÇA MILITAR ESMAGADORA.** Se algum perigo ameaça o Império, seja ele interno ou externo, nossas forças armadas respondem de forma rápida e impiedosa.

» **DEPENDÊNCIA DO QUE É NECESSÁRIO, NÃO DO QUE É DESEJADO.** Contar com o que é estritamente essencial é o cerne da eficiência. A estrutura do Império é reduzida à sua essência, o que revela a função através da forma.

» **GOVERNO POLÍTICO CENTRADO NO NÚCLEO.** Essa é uma concessão necessária, já que as espécies alienígenas da Orla são sabidamente imprevisíveis e dadas a acessos de violência. A história do Senado da República é prova de que os primitivos não estão aptos a ser o centro das atenções em nossas instituições, ou mesmo a governar seus próprios planetas. Ao controlar diretamente assuntos da Orla, estamos sendo misericordiosos com essas populações. Em casos extremos, para atender aos interesses da segurança galáctica, foi necessário orquestrar extinções estratégicas.

Não é exagero. Eu vi isso de dentro. —MADINE

» **NACIONALIZAÇÃO DO COMÉRCIO.** O Império aprova a competição entre corporações e chegou a estabelecer o Setor Corporativo, onde o mercantilismo transparente poderia ocorrer sem interferência. Mesmo assim, nenhuma companhia deve encher os próprios cofres à custa do bem maior. O Império nacionalizou muitas corporações duradouras, incluindo a TaggeCo, os Estaleiros de Propulsores de Kuat (EPK)

Chewie e eu não somos mais bem-vindos no Setor Corporativo. Acho que arrancamos até o último centavo daquele lugar. —Han e a Santhe/Sienar, o que permitiu que seus engenheiros contribuíssem para a nossa prosperidade coletiva.

» **DOMÍNIO CULTURAL.** A Comissão para Preservação da Nova Ordem sabe que ter autoridade é mais do que ser dominante no campo de batalha — é também dominar a mente. A Coalizão para o Progresso, subagência criada pela COMPNOR, monitora obras de arte para se assegurar de que demonstrem uma reverência adequada à Sua Majestade Imperial. Artistas com tendência subversiva recebem a reeducação necessária.

Não importa quantas batalhas alegue ter vencido: qualquer governo que não tolere críticas é fraco. —Leia

» **PELAS NOSSAS PRÓPRIAS MÃOS.** A Ordem Jedi ficou no passado. Chega de humanos orgulhosos sofrendo nas mãos do governo elitista de uma aberração de linhagem. Seus truques foram desmascarados como as fraudes que sempre foram. Se os Jedi tivessem algum poder verdadeiro, teriam sido mortos tão facilmente pelos clone troopers? Há rumores de que o Lorde Darth Vader e outros acólitos do alto escalão contam com habilidades similares às dos Jedi para criar ilusões, mas prometeram usá-las em completa cooperação com os desejos do Imperador. Qualquer um que não o faça será exterminado.

Os indivíduos que fazem parte do Império querem apenas que haja paz. A Nova Ordem é uma mudança bem-vinda para aqueles que ainda têm a destruição causada pelas Guerras Clônicas fresca na memória.

Na posição de comandante das forças armadas Imperiais, você é uma figura de influência. Através de suas ações, inspirará recrutas a se alistarem na academia, aumentará o número de inscritos na COMPNOR e persuadirá os cidadãos a se responsabilizarem pelas ações de seus vizinhos e reportá-las. Tudo isso se mostrará valioso quando as forças armadas Imperiais precisarem bater o martelo da justiça contra um antro de Rebeldes.

Que bom que temos nossos próprios martelos. —Wedge

A LEALDADE DEVE SER QUESTIONADA. INDIVÍDUOS QUE FAZEM PARTE DO IMPÉRIO NUNCA DEVEM SE SENTIR À VONTADE COM A PASSIVIDADE.

HISTÓRIA DO IMPÉRIO GALÁCTICO

—NOSSO GLORIOSO FUTURO—

Mon Mothma e meu pai fizeram a coisa certa ao tentar salvar a República. Através da Aliança, nós restabeleceremos uma república melhor e mais justa. —Leia

A República foi extremamente falha. Mas substituí-la por sua tirania é ainda pior. —Mothma

Faz menos de duas décadas que nosso Imperador emitiu sua Declaração de uma Nova Ordem. Apesar de alguns recrutas terem apenas uma vaga lembrança da era anterior (ou não terem lembrança alguma), muitos de nós se recordam dos chocantes excessos que tornaram inevitável a proclamação de Palpatine.

Até hoje você encontra quem diga que era possível salvar a República com reformas e correções. Acreditar nisso é tolice.

Ao longo de milênios, a República se deitou no próprio lixo que criara. "Dê tempo para que o sistema funcione!", exclamavam sem parar. Mil anos é tempo suficiente para saber se um sistema é viável, Senador.

Se um paciente recebe uma injeção com veneno de ação lenta, o cirurgião cortará o membro antes que o veneno chegue ao coração. O Imperador Palpatine tinha uma sabedoria similar. Para alguns, seu discurso no Senado soou arrogante, mas foi com esses opositores que a Nova Ordem fez sua primeira lista de inimigos.

Aqueles que enfrentaram o Supremo Chanceler Palpatine durante as Guerras Clônicas descobriram que haviam cometido um erro. Onde estão agora? Se tiver estômago forte, verifique os Registros de Execução do Império.

A militarização é a cura para a doença que a Velha República levou para a galáxia. A Nova Ordem fornece a salvação por meio da Marinha e do Exército Imperiais, bem como dos Stormtroopers.

"COM TODA A GALÁXIA SOB UMA ÚNICA LEI, UM ÚNICO IDIOMA E A ORIENTAÇÃO ILUMINADA DE UM ÚNICO INDIVÍDUO, A CORRUPÇÃO QUE ATORMENTAVA A REPÚBLICA EM SEUS ÚLTIMOS ANOS NUNCA SE ENRAIZARÁ. GOVERNANTES REGIONAIS ELIMINARÃO A BUROCRACIA QUE PERMITIU QUE O MOVIMENTO SEPARATISTA CRESCESSE SEM CONTROLE. UMA FORÇA MILITAR FORTE E CRESCENTE ASSEGURARÁ QUE A LEI SEJA CUMPRIDA."

— EXTRAÍDO DO DISCURSO INAUGURAL PROFERIDO PELO IMPERADOR PALPATINE, EM 16:5:24

ESTRUTURA DAS FORÇAS ARMADAS IMPERIAIS

—UMA FUNDAÇÃO INABALÁVEL—

É possível compreender qualquer máquina ao examinar suas partes. Com as forças armadas Imperiais não é diferente.

Em última instância, as forças armadas se reportam ao nosso comandante supremo, Imperador Palpatine, mas a instância mais alta da nossa organização é o Alto-Comando Imperial. O comitê supervisiona o Comando Naval, o Comando do Exército, o Comando dos Stormtroopers e todas as divisões de suporte.

Independentemente da ameaça, o Alto-Comando Imperial deve ser capaz de coordenar a combinação apropriada de terra, ar, espaço e forças de operações especiais para alcançar o objetivo da missão. Ele também sincroniza nossos esforços militares com os da Inteligência Imperial, da COMPNOR e de outros parceiros intergovernamentais.

O Alto-Comando Imperial tem autoridade sobre os seguintes ramos e divisões:

MARINHA IMPERIAL

As forças espaciais do Império incorporam poder através de seus Destróieres Estelares e outras poderosas naves de batalha, assim como os onipresentes esquadrões de caças estelares TIE (veja análise detalhada na Parte II).

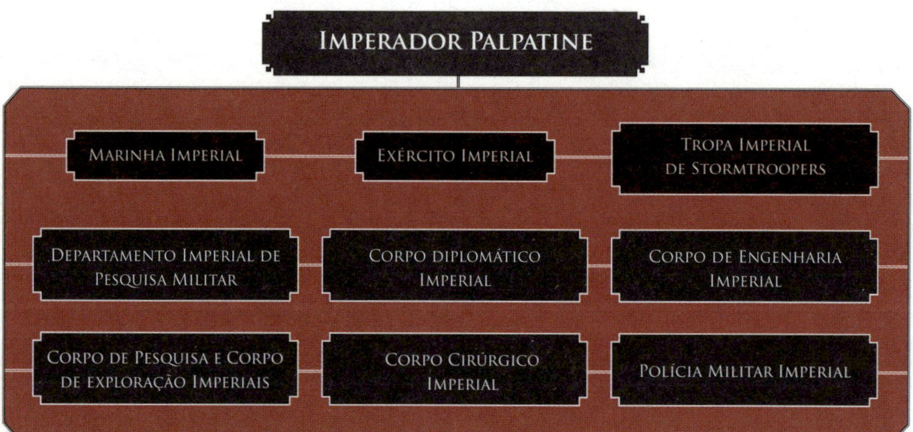

A estrutura leva à eficiência, e a eficiência leva à ordem.
Lembre-se de que, em última instância, você serve ao Imperador.

A MAIOR PARTE DESSES BATEDORES ESTÁ NESSA PELA AVENTURA E NÃO SABE O QUE O IMPÉRIO FAZ COM OS DADOS RECEBIDOS. HOUVE MUITOS DESERTORES NO CORPO DE PESQUISA. —RIEEKAN

EXÉRCITO IMPERIAL

A força de invasão e ocupação planetária do Império é conhecida por seus andadores AT-AT e por seus veículos de assalto, bem como pela coragem de seus soldados da linha de frente (veja análise detalhada na Parte III).

TROPA IMPERIAL DE STORMTROOPERS

Com sua armadura branca característica, é a força de linha de frente do Império. Opera em ambientes perigosos por toda a galáxia (veja análise detalhada na Parte IV).

DEPARTAMENTO IMPERIAL DE PESQUISA MILITAR

A divisão de pesquisa de armas do Império gerencia diversos projetos altamente secretos que têm resultado em novas e assombrosas naves de guerra, armamentos e estações de batalha (veja análise detalhada na Parte V).

Sabidamente corruptos, todos eles. A disposição com que aceitam subornos tem sido um enorme trunfo para os rebeldes. —Leia

CORPO DIPLOMÁTICO IMPERIAL

O ramo diplomático do Império costuma ser negligenciado, mas é necessário quando lidamos com mundos hostis. Os embaixadores e negociadores ligados ao Corpo Diplomático se certificam de que os locais ocupados aceitem as ordens do Imperador, o que reduz a necessidade de pacificação pela força.

CORPO DE ENGENHARIA IMPERIAL

A divisão de engenharia do Império tem a função de construir guarnições e outras estruturas de valor estratégico, como jazidas de minério, geradores de energia e estações espaciais.

CORPO DE PESQUISA E CORPO DE EXPLORAÇÃO IMPERIAIS

As divisões de mapeamento e exploração do Império estão ligadas à Marinha Imperial. Ao identificar planetas prontos para serem conquistados ou explorados, esses batedores de fronteira ajudam a expandir os limites do Império.

CORPO CIRÚRGICO IMPERIAL

A divisão médica do Império trabalha em centros cirúrgicos e embarcada em naves próximas a campos de batalha planetários. Seu conhecimento tem sido usado para o desenvolvimento de métodos de guerra biológica.

POLÍCIA MILITAR IMPERIAL

A polícia militar interna do Império mantém a ordem nas fileiras quando necessário — mas nossas tropas são tão disciplinadas que esse tipo de ação quase nunca é necessário.

Conheço um bartender em Commenor que discordaria. —Han

COMO CONSEGUIMOS ADMINISTRAR UMA GALÁXIA?

—NOSSA VISÃO ESTRATÉGICA—

A administração planetária sob a Nova Ordem flui do topo para a base, a partir da autoridade central. As forças armadas Imperiais mantêm a ordem para que o Império permaneça próspero e seguro. Como você verá, estamos caminhando para tornar essa hierarquia ainda mais eficiente.

DISSOLUÇÃO DO SENADO IMPERIAL

Quando você ler isto, o Senado Imperial já terá deixado de existir. Ele serviu para facilitar a transição entre a Velha República e a Nova Ordem, mas perdeu sua utilidade.

Ao cortar os últimos laços com o passado, o Imperador acabará com a fracassada filosofia representativa da maioria. Em vez de senadores, os cidadãos do Império passarão a ter o benefício de governos setoriais para administrar suas necessidades.

Por muito tempo, o Senado foi um refúgio para os que gostam de desafiar. Os opositores às regras do Imperador se vangloriavam de ser nobres idealistas, e esse espalhafato chegou perigosamente perto da traição. Eles não terão mais um canal oficial para propagar suas mentiras.

A Inteligência Imperial relata que alguns membros do Senado começaram a trabalhar em conjunto com a Aliança Rebelde. Já os identificamos e lidaremos com eles.

Você verá notificações públicas afirmando que a suspensão do Senado "durará apenas enquanto estivermos em estado de emergência". Mas saiba que a decisão do Imperador é final.

Eu "desapareci" antes de haver a dissolução. Pude servir Chandrila melhor de lá. —Mothma

---

"A Nova Ordem de paz triunfou sobre os segredos sombrios de mágicos vergonhosos. A direção de nosso curso é clara. Eu liderarei o Império para glórias além da imaginação."

— Extraído do discurso inaugural proferido pelo Imperador Palpatine, em 16:5:24

REDISTRIBUIÇÃO DE DISTRITOS RESULTOU EM AUMENTO DE EFICÁCIA

Nossos novos Macrossetores são compostos de muitos setores menores. Essa estrutura permite o comando direto das forças armadas, o controle de informações e mais eficiência na tributação aos cidadãos do Império.

Um governador regional, ou Grande Moff, comanda cada Macrossetor. Além disso, cada setor é administrado por um Moff. Os governadores têm controle político e militar direto sobre seus territórios.

Por se tratar de um comando militar, essa estrutura é seu maior trunfo. Os políticos apoiarão suas ações. Pelo fato de a hierarquia ser clara, não haverá conflitos a respeito do que você precisa fazer. Você é livre para cumprir a vontade do Império por meio da força das armas.

PROPAGANDA: CONTROLANDO A NARRATIVA

A Comissão para Preservação da Nova Ordem (COMPNOR) estabelece apoio público e apoio institucional para Sua Majestade Imperial e os preceitos da Nova Ordem.

Os que são leais à COMPNOR veem com bons olhos a filiação à Comissão, uma vez que é uma forma evidente de demonstrar fé em nossa ideologia. Através dos grupos cultural e jovem da COMPNOR, o Império controla a história e as reações de seus cidadãos. Os patriotas voluntários da COMPNOR vigiam os vizinhos e nos informam a respeito de possíveis traidores. A COMPNOR também controla uma unidade paramilitar própria, a CompForce.

Os meios de comunicação das NewsNets deixaram de ser entidades privadas. O HoloVisão Imperial passou a ser o canal oficial para informação pública dos eventos atuais. Entidades não oficiais, como *TriNebulon News*, *Brentaal Trade News* e *Core News Digest*, sabem que veicular uma história ou espalhar qualquer ponto de vista que encoraje a infidelidade é passível de punição.

Se quisermos capturar os Mundos do Núcleo, isso será um problema. Precisamos fazer nossa própria história se espalhar por lá. -MADINE

Pelo fato de o Império controlar os meios de comunicação, nós podemos transformar qualquer notícia em prol do Imperador.

ESPIÕES E A POLÍCIA SECRETA

—NOSSOS SOLDADOS INVISÍVEIS—

O trabalho e as descobertas de qualidade coletados pela Inteligência Imperial e pelo Departamento de Segurança Imperial são vitais antes do começo de uma batalha. Essas agências formam os ramos da inteligência central do Império.

Com as informações que conseguem recolher a respeito da força e da composição inimiga, os espiões passam a ser tão valiosos quanto os soldados. Porém, a famosa Rede de Espionagem Bothana não está sob controle do Império. Suspeitamos que tenha se juntado à Aliança Rebelde.

NEM TODOS, MAS UM NÚMERO SUFICIENTE DELES.
—RIEEKAN

A Inteligência Imperial fica longe das linhas de frente, mas suas descobertas influenciam todas as decisões do comandante.

INTELIGÊNCIA IMPERIAL

Com as Guerras Clônicas se aproximando, a agência conhecida como Inteligência da República foi reestruturada dentro da Inteligência Imperial, com a função de coletar informações por meio de vigilâncias passiva e ativa. Seus agentes secretos se infiltram em governos planetários e em organizações criminosas, entre as quais os cartéis Hutt e a Aliança Rebelde.

Ela é supervisionada pelo Ubitorado, um conselho secreto que se reporta ao Imperador e aos mais altos escalões do Comando Imperial. Seu único membro conhecido é o Diretor da Inteligência Imperial, que serve de figura pública da entidade enquanto oculta todo o escopo de suas operações.

Entre as divisões da Inteligência Imperial estão:

ANÁLISE: Este grupo processa quantidades gigantescas de dados recebidos a cada segundo de todos os mundos do Império. Dentro dessa divisão estão os seguintes setores:

» Mídia: Vasculha as NewsNets em busca de algo que encoraje a traição, bem como significados ocultos

» Sinal: Entre outras coisas, monitora ondas portadoras e pacotes de imagens no intuito de localizar informações valiosas disfarçadas de ruídos de linha

» Criptoanálise: Decifra códigos e cifras

APOSTO QUE O R2-D2 SE SAIRIA MELHOR DO QUE TODA A DIVISÃO. -LUKE

» Tecnologia: Profissionais de engenharia reversa criam mecanismos de escuta e gravação

» Interrogação: Extrai informações de agentes inimigos por meio de questionamento cara a cara

INTELIGÊNCIA: Recebe os dados do grupo de Análise e os usa para prever movimentos dos inimigos do Império.

» Sedição: Sinaliza grupos com potencial para organizar resistência

» Comunicações Externas: Retransmite mensagens de altíssima segurança entre a Inteligência e as forças armadas

Felizmente, todos os recursos do Império direcionados para policiar a si mesmo são recursos não usados contra nós. -MADINE

DEPARTAMENTO DE OPERAÇÕES: Por ser o centro da agência, esse grupo supervisiona seis subdivisões da extrema importância:

» Vigilância: Identifica suspeitos para observação e acompanhamento

» Renik (Contrainteligência): Revela inimigos infiltrados em nossa estrutura de comando

» Serviço Diplomático: Lida com tratados, anexações e outras missões políticas

» Infiltração: Expede agentes altamente treinados para operações ultrassecretas

» Desestabilização: Perturba a ordem de governos locais, o que facilita nossas conquistas militares

» Assassinato: Elimina alvos com eficiência e discrição

COMPLINK IMPERIAL: Esse grupo rastreia comunicações no HoloNet e no subespaço, intercepta dados e sinaliza palavras ou frases problemáticas.

SETOR PLEXUS: Encarregado de preservar todos os dados coletados pela Inteligência Imperial, esse grupo gere o maior banco de dados que existe, imensamente maior do que a biblioteca digital de Obroa-skai.

DEPARTAMENTO DE ORGANIZAÇÃO INTERNA: Essa divisão de assuntos internos se certifica de que todos os agentes e funcionários são leais e incorruptíveis.

AJUSTES: Esses agentes secretos se reportam diretamente ao Ubitorado. São chamados como último recurso, quando outras operações não são bem-sucedidas. Contam com uma quantidade considerável de ferramentas à disposição, entre as quais equipamentos desenvolvidos pelo Departamento Imperial de Pesquisa Militar.

INQUISIÇÃO: Os Inquisidores são os agentes obscuros do Imperador. Estão entre os que o Imperador denomina Adeptos do Lado Negro. Têm como principal função caçar, capturar e interrogar Jedi. Alguns dos Inquisidores podem até ser ex-Jedi. Embora seja classificado como parte da Inteligência Imperial, a divisão de Inquisição se reporta diretamente ao Imperador Palpatine.

FICO SURPRESO AO VER QUE OS INQUISIDORES TÊM TÃO POUCAS MENÇÕES NESTE MANUAL. SERÁ QUE, POR SEREM USUÁRIOS DA FORÇA, O IMPERADOR QUERIA MANTÊ-LOS EM SEGREDO? A INTELIGÊNCIA MILITAR NÃO CONFIA NELES E PREFERE NEGAR SUA EXISTÊNCIA. –LUKE

DEPARTAMENTO DE SEGURANÇA IMPERIAL

O Departamento de Segurança Imperial opera em paralelo com a Inteligência Imperial, e muitas de suas

NÃO A INTELIGÊNCIA DAQUI. A ALIANÇA ESTÁ FELIZ POR CONTAR COM SKYWALKER E OUTROS COMO ELE. –RIEEKAN

Os soldados das forças armadas Imperiais odeiam o DSI. Ninguém gosta de ser vigiado o tempo todo. -MADINE

funções se sobrepõem às funções de seu "irmão mais velho". Ainda assim, o DSI é uma organização jovem, fundada sob os auspícios da Nova Ordem. Sua existência serve para assegurar a consistência ideológica nas operações internas do Império. Essencialmente, os agentes da DSI são a polícia secreta do Imperador.

Entre as divisões do DSI estão:

VIGILÂNCIA: Tem a função de averiguar casos de deslealdade e de ineficiência. Relata todas as infrações ao centro do DSI em Coruscant.

INVESTIGAÇÕES: Grupo interinstitucional que age de forma sincronizada com as forças armadas do Império para realizar missões de infiltração e vigilância secreta.

ASSUNTOS INTERNOS: Esta divisão tem ampla autoridade para policiar todas as agências Imperiais, incluindo as de ciência, comércio e lei.

REEDUCAÇÃO: Esta fonte de propaganda implementa um treinamento forçado nos preceitos da COMPNOR àqueles condenados por traição.

APLICAÇÃO: Uma força paramilitar que fornece os músculos necessários para assegurar que as outras divisões do DSI tenham meios de executar suas diretivas.

INTERROGATÓRIO: É composta dos agentes cuja tarefa é conduzir interrogatórios para conseguir informações de indivíduos capturados (com um índice de sucesso muito mais alto que dos interrogadores da Inteligência Imperial).

É o que eles não dizem que é de arrepiar. —Leia

INTERROGADORES DO IMPÉRIO SÃO IMPLACAVELMENTE EFETIVOS, CAPAZES DE EXTRAIR UMA CONFISSÃO DE QUASE TODOS OS PRISIONEIROS.

POLÍTICAS IMPERIAIS

—AMBIGUIDADE ZERO—

Na função de comandante, você deve dominar os procedimentos-padrão do Império para lidar com grupos marginais.

À medida que as fortunas da guerra mudam de lado, este fator está começando a trabalhar em prol da Aliança – Motti

CAÇADORES DE RECOMPENSA

A Guilda de Caçadores de Recompensa tornou-se aliada do Império, graças a um entendimento entre o Líder da Guilda, Cradossk, e a divisão Imperial de aplicação da lei. Se, como acreditam os caçadores de recompensa, "o lance mais alto faz as regras", o tesouro público do Império não terá problemas em pagar pela captura ou pelo assassinato de nossos inimigos mais conhecidos.

PIRATAS E CORSÁRIOS

Embora esses grupos sejam similares, os corsários estão do nosso lado. Eles receberam uma carta de corso escrita pelo Imperador Palpatine, dando-lhes o direito de atacar naves inimigas em seu nome. Caso encontre um corsário licenciado pelo Império e ele não esteja interferindo em seus assuntos, dê a ele liberdade para operar.

Os piratas não operam sob a autoridade do Império. A sentença para a pirataria é a morte.

"Incidente"? Nós acabamos com eles! -Han

CONTRABANDISTAS

O incidente em Nar Shaddaa está fresco em nossa memória, e os relatórios indicam que esses mensageiros foras da lei não devem ser subestimados. A maioria dos contrabandistas está empregada pelos cartéis Hutt. Embora o Império não tolere a ilegalidade, os Hutts são peças importantes na economia da Orla Exterior. Antes de tomar qualquer atitude agressiva para acabar com o contrabandismo, é necessário obter autorização do Comando Imperial.

ALIENÍGENAS

Ainda que problemáticas, muitas populações alienígenas da Orla são primitivas e oferecem pouca ameaça. No entanto, tenha cuidado e não os ignore, ou você poderá se ver forçado a acabar com uma insurreição inesperada de nativos. O Corpo de Engenharia Imperial precisa de populações obedientes como operários.

A ALIANÇA REBELDE

A diretiva que diz respeito a esses traidores é universal: capturar os membros do alto escalão para serem interrogados pelo DSI. Exterminar o restante.

RECRUTAMENTO MILITAR

—PENSANDO NA PRÓXIMA GERAÇÃO—

Isso, sim, é um disparate. Será que esqueceram que sou resultado do sistema acadêmico? -Han

As forças armadas Imperiais são poderosas, mas a manutenção de sua força só será possível se recrutarmos e treinarmos a próxima geração de oficiais.

Como oficial, você sabe a enorme diferença entre os que lideram e os que compõem as fileiras. Oficiais superiores são produto do sistema acadêmico.

O sistema acadêmico é anterior à era Imperial. Sob a má administração da Velha República, as academias atrofiaram. Foram reduzidas a tristes cascas de sua antiga glória, cuspindo formandos para alimentar as escassas forças do Departamento Judiciário e dos Serviços de Comércio.

O Império restaurou o sistema acadêmico e suas orgulhosas tradições. Há instalações para treinamento dos Stormtroopers, da Marinha e do Exército em dezenas de planetas. Algumas são restritas, e apenas membros do Comando Imperial sabem suas localizações. Outras são renomadas, celebradas por toda a galáxia há séculos.

ACADEMIAS NAVAIS

Os oficiais da Marinha Imperial são treinados nas Academias do Setor Naval e se formam como tenentes. Os cadetes promissores são inscritos em uma das Academias Navais de elite, onde os formandos podem alcançar o posto de líder de esquadra de caças estelares TIE ou de capitães de Destróieres Estelares.

ACADEMIA NAVAL DE PREFSBELT IV: Este renomado instituto segue o modelo das antigas tradições guerreiras de Coruscant. Seus hangares e pistas de pouso estão sempre movimentados.

INSTITUTO DE PILOTAGEM CORUSCANI: O IPC se localiza no planeta central do Império. Por causa de sua importância, é comum que os filhos de conhecidas famílias militares sejam treinados lá.

Muitos bons pilotos são oriundos de Prefsbelt. Tobbie e Biggs, por exemplo. -Wedge

ACADEMIAS DE OFICIAIS DO EXÉRCITO

As academias do Exército funcionam de maneira similar às do sistema Naval. Já as de setores menores alimentam a lista de candidatos de diversas instituições renomadas.

ACADEMIA RAITHAL: Uma das mais antigas instituições da galáxia, Raithal foi restaurada pelo Império e conta com campos de treinamento para os AT-ATs e outros veículos de assalto pesados.

ACADEMIA MILITAR IMPERIAL EM CORULAG: O mundo de Corulag conta com esse prêmio entre os Mundos do Núcleo. Embora em essência seja uma academia do Exército, as instalações oferecem também treinamento de pilotos. Há campos de voo auxiliares na órbita e na superfície da lua de Corulag.

ACADEMIAS DE STORMTROOPERS

Agora que as fileiras de Stormtroopers não são mais preenchidas por soldados clones veteranos, as instalações para o treinamento de stormtroopers têm surgido por toda a galáxia. Quem se matricula nessas academias descobre que elas são implacáveis.

ACADEMIA MILITAR CARIDANA: Esta instituição existe há séculos. Mesmo assim, sob o domínio do Império, mudou sua expertise para o treinamento de stormtroopers. A Academia em Carida ostenta instalações que se espalham por todo o planeta. Sua gravidade acima da média fortalece seus futuros formandos.

ACADEMIA DA GUARDA REAL DE YINCHORR: Este mundo inclemente conta com uma severa instalação de treinamento bastante apropriada. A fortaleza de Yinchorr instrui membros da Guarda Real pessoal de Palpatine, enquanto seus complexos menores treinam oficiais de stormtroopers de controle de tumulto do Império e outras divisões de stormtroopers. Duvido que você tenha permissão para saber mais do que as informações gerais a respeito desta instituição.

"PROGREDIMOS COMO UM ÚNICO POVO — OS CIDADÃOS IMPERIAIS DO PRIMEIRO IMPÉRIO GALÁCTICO. NÓS PREVALECEREMOS. DEZ MIL ANOS DE PAZ COMEÇAM HOJE."

— EXTRAÍDO DO DISCURSO INAUGURAL PROFERIDO PELO IMPERADOR PALPATINE, EM 16:5:24

O tempo que passei em Raithal não foi agradável, mas saí de lá como um soldado de verdade. -MADINE

O FAMOSO SAGUÃO PRINCIPAL DA ACADEMIA RAITHAL, LOGO APÓS A CERIMÔNIA DE REINAUGURAÇÃO DO IMPÉRIO.

PARTE II

A MARINHA IMPERIAL

Por Almirante Conan Antonio Motti

Serviço, Lealdade, Fidelidade. Esse é o lema que guia todas as relações da Marinha Imperial, mesmo que você não faça parte das nossas fileiras.

O objetivo da Marinha Imperial é ter domínio total do espaço conhecido. Entre suas funções estão:

» Bloqueio de portos — impedir que suprimentos cheguem a um planeta para acabar com sua habilidade de lutar

» Bombardeio de planetas — começando pela órbita do planeta, aniquilar sua infraestrutura com extrema precisão

» Vigília de rotas de navegação — proteger o comércio honesto de piratas e contrabandistas, bem como espantar os criminosos de tal forma que se aprumem

» Transporte de outros ramos das forças armadas Imperiais — conduzi-los com segurança até o destino e provê-los apoio espacial e aéreo após o desembarque

Os soldados do Exército Imperial se enxergam como solucionadores de problemas nos planetas, enquanto os stormtroopers se consideram comandos de elite, mas assistem ao alcance da Marinha Imperial. Tudo é nosso, tanto os planetas que defendemos quanto o vácuo insondável que se apresenta entre eles. Com um único salto hiperespacial, podemos atacar em qualquer lugar. Nossas naves de guerra são inigualáveis.

Nunca o nosso lema teve tanto significado. O Imperador fez nascer uma nova e inflexível aurora: Serviço, lealdade, fidelidade — pela glória do Império!

O Império tem a vantagem numérica, isso sem contar a superioridade do poder de fogo. Se a Aliança não for capaz de vencer o duelo de naves, pouco importará o terreno em que nos encontremos. —Mothma

HISTÓRIA DA MARINHA IMPERIAL

Desde que as bucólicas praias de Coruscant eram banhadas por antigos mares, as marinhas têm provido transporte, segurança e poder de fogo. Embora a Marinha Imperial ainda seja jovem, o fato de ter suas raízes na Marinha da República das Guerras Clônicas não deve ser surpresa. Esta, por sua vez, surgiu do silencioso patrulhamento do comércio feito pelo Departamento Judiciário da República.

Mas os feitos do nosso Imperador desde a formação da Nova Ordem são milagrosos. Sob sua política agressiva de militarização, a Marinha Imperial foi quem mais cresceu. Nosso alcance nunca foi tão estendido, nosso controle nunca foi tão firme.

DEVO ACRESCENTAR QUE CRESCEU RÁPIDO ATÉ DEMAIS. O IMPÉRIO TEM MÁQUINAS DE GUERRA MUITO GRANDES E NÃO CONSEGUE MAIS TRIPULÁ-LAS OU CONSERTÁ-LAS. —RIEEKAN

A imperialização transformou a Marinha da República em uma verdadeira força de combate. Sob o Império, as flotilhas foram absorvidas por uma única hierarquia, e os estaleiros de Kuat a Jaemus ganharam vida. Todos os dias, naves de batalha são lançadas. Destróieres Estelares Imperiais elegantes e de design arrojado substituíram as embarcações de batalha das Guerras Clônicas, e os caças estelares TIE se tornaram a assinatura da Marinha Imperial.

O aumento de nossa força não poderia vir em melhor hora. A resistência contra o Império deixou de ser um mero incômodo. A Aliança Rebelde é persistente e ataca a partir de redutos ocultos. Os Rebeldes conseguiram ativos formidáveis, como os irritantes caças estelares com blindagem de energia e os cruzadores estelares Mon Calamari, que rivalizam com nossos Destróieres em tamanho.

A Ameaça Rebelde deve ser combatida com o poder naval. Apenas a Marinha Imperial pode encontrá-los, combatê-los e vencê-los. Só então patrulharemos de modo triunfante as pistas estelares em nome da paz Imperial.

O TRIPULADOR IMPERIAL

Como a maior parte dos ramos militares, a Marinha Imperial tem a força dos homens que vestem seu uniforme. Seja ele um piloto tático muito bem-treinado, um especialista em comunicações, um técnico de ancoragem ou um oficial a bordo de um Destróier, os membros de nosso orgulhoso ramo estão sujeitos a um Código Naval Imperial:

Eu honrarei o Império em meus pensamentos e ações

Eu obedecerei aos meus superiores

Eu nunca fugirei às minhas tarefas

Eu manterei padrões de conduta e aparência impecáveis

Eu usarei recursos Imperiais com responsabilidade

Eu concluirei todas as missões sem hesitação, falha ou misericórdia

Eu terei em mente que o Império é maior do que eu e estarei disposto a morrer em serviço

Eu desafiarei aqueles que não vivam de acordo com os padrões do Código Naval

Se quisermos ganhar os corações e as mentes, teremos que lutar contra essa doutrinação. —Leia

Como alguém que de fato se formou na Academia, posso dizer que ninguém acredita de verdade nessas coisas. Nem mesmo quem escreveu. —Han

O código nos une todos sob uma causa comum — desde os oficiais comissionados que comandam e dirigem nossas poderosas naves de batalha aos oficiais especialistas em garantia (em geral, dos postos mais baixos) que prestam serviços, entre os quais estão: manutenção de armas, reparo dos hangares, engenharia de propulsão, varredura por sensor etc. Nossos tripulantes são a base da Marinha Imperial.

Além dos tripulantes, o seguinte pessoal possui cargos de alta visibilidade nas naves de batalha Imperiais:

SOLDADOS DA MARINHA

Esses soldados servem como equipe de segurança de uma nave. Eles se envolvem no combate direto em operações de abordagem, ou no improvável caso de o inimigo encontrar e vencer as defesas de uma nave de batalha Imperial. É comum que os soldados da Marinha trabalhem lado a lado com os stormtroopers durante operações-relâmpago.

ARTILHEIROS IMPERIAIS

Esses membros do Ramo Aéreo operam com armas pesadas embarcados em naves e em estações de batalha. Todos os artilheiros Imperiais têm treinamento em turbolasers, canhões de íons, raios tratores e lança-mísseis, tudo isso nas versões leve, média e pesada. Entre suas funções estão rastrear alvos durante o combate, atirar nos alvos, recarregar munição e prevenir a sobrecarga das armas. Sob as saliências do capacete de um artilheiro Imperial há filtros polarizados para protegê-lo de flashes ofuscantes. No capacete, a abertura para os olhos também mostra dados de rastreamento computadorizados para quem o veste.

PILOTOS DE CAÇAS TIE

Não se deixe enganar pelos capacetes: os pilotos de caças TIE são formados na Marinha, mas não são stormtroopers. Eles são a nata entre os melhores, suportaram uma carga extremamente pesada de desafios estratégicos e de voos em alta velocidade para filtrar os fracos. Os pilotos de caças TIE formam um grupo bem coeso e tendem a manter interações sociais dentro do próprio grupo. Considere uma compensação aceitável pelo desempenho espetacular que apresentam. É normal que os pilotos de caças TIE saiam ilesos de situações desfavoráveis ao extremo em suas naves espaciais sem blindagem e temerariamente ágeis.

Combater no espaço já é estressante o suficiente. Não consigo me imaginar voando em um calhambeque sem blindagem. —Wedge

UNIFORMES DA MARINHA IMPERIAL

As referências a seguir lhe permitirão identificar pelo visual os vários membros da Marinha Imperial de acordo com seu ramo de serviço.

OFICIAL DA MARINHA

O uniforme verde-acinzentado de um oficial da Marinha Imperial inclui uma túnica trespassada, calças compridas e um boné. Apenas os Grandes Almirantes de elite têm permissão para usar uniformes brancos. NOTA: Para saber as insígnias dos postos, veja a discussão à parte.

SOLDADO DA MARINHA

O macacão totalmente negro indica um soldado da marinha; é vestido por quem tem funções de segurança e lida com situações de combate direto.

Durante uma abordagem, é mais provável que você enfrente soldados da Marinha do que stormtroopers. —MADINE

Grande Almirante — Oficial da Marinha — Soldado da Marinha

ARTILHEIRO IMPERIAL

Os capacetes em formato de concha e os uniformes de trabalho negros fazem com que os artilheiros sejam instantaneamente identificáveis.

TÉCNICOS

Especialistas dessa categoria usam macacões cinza-claros ou negros com um patch no ombro e um computador no antebraço.

PILOTO DE CAÇA TIE

O uniforme todo negro e completamente vedado tem um peitoral com suporte à vida que conta com tubos respiratórios acoplados.

Já vesti um desses. Depois de algumas horas na cabine, o fedor de suor e o sibilo dos tubos de respiração são suficientes para deixar qualquer um louco. —Han

Artilheiro Imperial   Piloto de Caça TIE   Técnico Imperial

INSÍGNIAS DOS POSTOS DOS OFICIAIS DA MARINHA

É possível saber a posição de um oficial da Marinha Imperial por uma combinação específica de quadrados e cilindros de código no uniforme do tripulante.

Aspirante

DESCRIÇÃO: A posição mais baixa da Marinha Imperial.
INSÍGNIA: Dois quadrados

Tenente

DESCRIÇÃO: A maioria dos oficiais embarcados em uma nave tem essa designação, que engloba os postos de Segundo e Primeiro-Tenentes e de Comandante Júnior.
INSÍGNIA: Quatro quadrados, um cilindro de código

Capitão

DESCRIÇÃO: Designação do oficial no comando de uma nave. Engloba o posto de Comandante Sênior.
INSÍGNIA: Seis quadrados, um cilindro de código

Almirante

DESCRIÇÃO: Equivale ao posto de Comodoro. Informalmente, é possível abordar um almirante chamando-o de comandante.
INSÍGNIA: Oito quadrados, dois cilindros de código.

Almirante de Frota

DESCRIÇÃO: Posição alcançada pelo comandante de uma frota ou pelo oficial militar de maior posto em um setor planetário.
INSÍGNIA: Dez quadrados, três cilindros de código

Grande Almirante

DESCRIÇÃO: Posto de elite alcançado apenas por aqueles que o Imperador Palpatine promove pessoalmente. Grandes Almirantes usam uniformes de gala brancos, às vezes decorados com dragonas douradas.
INSÍGNIA: Doze quadrados, quatro cilindros de código

INSÍGNIAS DOS POSTOS DA MARINHA
(após a reestruturação)

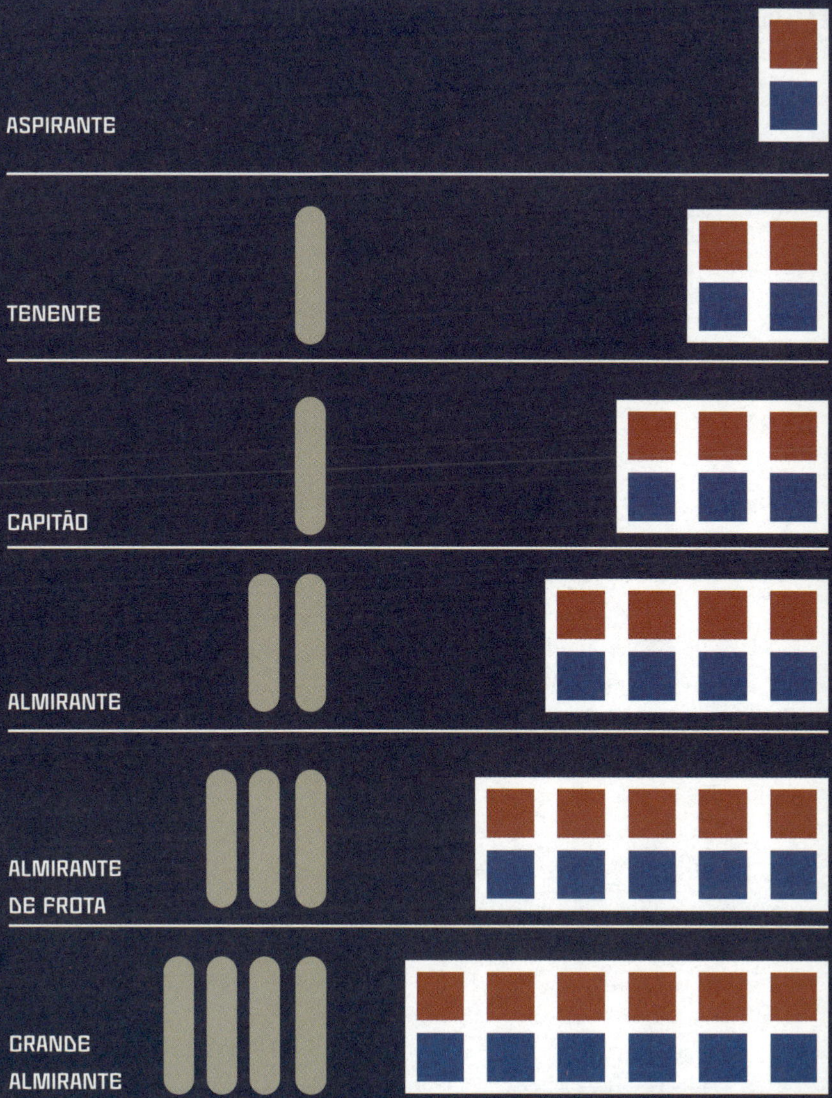

ESTRUTURA E ORGANIZAÇÃO

O Comando Naval é a entidade que organiza todas as operações da Marinha Imperial. Reporta-se diretamente às ordens do Imperador Palpatine.

Sob o Comando Naval, a Marinha Imperial conta com quatro ramos:

1. **RAMO DE LINHA**: Responsável por naves de guerra, naves principais e naves de apoio do Império, bem como seus comandantes e tripulantes.

2. **RAMO DE VOO**: Responsável pelos caças estelares do Império, seus pilotos e pessoal de apoio.

3. **RAMO DE FROTA DE APOIO**: Responsável pela manutenção e pela engenharia, que engloba a Divisão de Engenharia e a Divisão de Serviços Técnicos.

4. **RAMO DE SERVIÇO DE APOIO**: Responsável por sistemas especiais, entre os quais os de comunicação, navegação, armamentos e médico.

FORMAÇÕES E DESDOBRAMENTO

Embora todas as operações sejam dirigidas pelo Comando Naval, os comandantes têm a seu dispor a armada Imperial. Eles não gastarão esses recursos de maneira imprudente. Nem toda situação pede um ataque.

A força naval Imperial é composta das seguintes unidades:

LINHA

ESTRUTURA: Em geral, quatro grandes naves, embora o número possa chegar a vinte, dependendo dos tipos de naves que façam parte.

POSTO DO COMANDANTE: Capitão (que recebe o título de Capitão da Linha)

A linha é a menor unidade organizada usada para combate espacial.

» **LINHA DE ATAQUE**: Três grandes cruzadores, ou de seis a oito cruzadores menores. A linha de ataque combate o inimigo ativamente; se houver uma linha de Destróieres Estelares para fornecer poder de fogo direto, uma linha de ataque destruirá os flancos do inimigo.

» **LINHA DE ATAQUE PESADO**: De quatro a oito cruzadores médios ou grandes, possivelmente incluindo um Destróier Estelar classe Vitória.

» **LINHA DE DESTRÓIERES ESTELARES:** Um único Destróier Estelar do Império. Por si só, essa nave tem a força de uma linha inteira.

» **LINHA DE CONFLITO:** De quatro a vinte corvetas, ou outras naves tão pequenas e bem-armadas quanto uma. Ao iniciar o conflito contra caças estelares e fragatas, uma linha de conflito também dá suporte aos caças estelares TIE.

» **LINHA DE PERSEGUIÇÃO:** De quatro a dez cruzadores pequenos, ou fragatas com velocidade suficiente para perseguir naves em fuga.

» **LINHA DE TROPA:** Dois transportes de assalto e dois cruzadores médios usados para conduzir os troopers do Exército Imperial até os campos de batalha.

DESDE A BATALHA DE ENDOR, AS FORÇAS IMPERIAIS VÊM SE DIVIDINDO EM UNIDADES CADA VEZ MENORES. -RIEEKAN

» **LINHA DE RECONHECIMENTO:** De dois a quatro cruzadores que contem com equipamentos de vigilância e comunicação. As linhas de reconhecimento não participam do combate direto, mas são fundamentais para identificar os locais de esconderijo dos Rebeldes.

ESQUADRÃO

COMPOSIÇÃO: Diversas linhas; somam em geral entre catorze e sessenta naves.

POSTO DO COMANDANTE: Almirante

O esquadrão é a unidade-padrão designada para um sistema estelar.

» **ESQUADRÃO LEVE:** Uma linha de conflito e uma linha de reconhecimento, designadas para sistemas que oferecem pouca ameaça.

Uma frota de superioridade cerca um planeta-alvo e deixa sua população sem ter para onde fugir.

INOVAÇÕES NAS TÁTICAS NAVAIS IMPERIAIS

Por Capitão Kendal Ozzel

Não sou o primeiro Ozzel a ser promovido nas fileiras da Marinha. Talvez você já tenha ouvido falar de Ruthbert Ozzel, o Salvador de Mittoblade, ou de Enos Ozzel, que empurrou a Bobina Fria de volta às Regiões Desconhecidas na aurora do Período Manderon. Partilho com meus ancestrais um pensamento rápido e um profundo intelecto, o qual tenho usado para ajudar a codificar as táticas navais Imperiais.

Inovação #1: Surpreenda. Emerja do hiperespaço logo acima de seu inimigo! Nossos navegadores são capazes de fazer cálculos precisos, então não se preocupe em errar o alvo. Um inimigo surpreso é incapaz de contra-atacar seu movimento ofensivo. (Veja Fig. 1.)

Inovação #2: Persiga. Se o inimigo fugir, vá atrás dele! Destróieres Estelares são extremamente rápidos abaixo da velocidade da luz. Seus motores podem correr mais do que o de qualquer calhambeque com contra-bando, então não tenha medo de ligar os motores. (Veja Fig. 2.)

Inovação #3: Oprima. Use todas as suas forças de uma só vez! O poder de fogo combinado compensará em muito qualquer perda de capacidade de manobra. (Veja Fig. 3.)

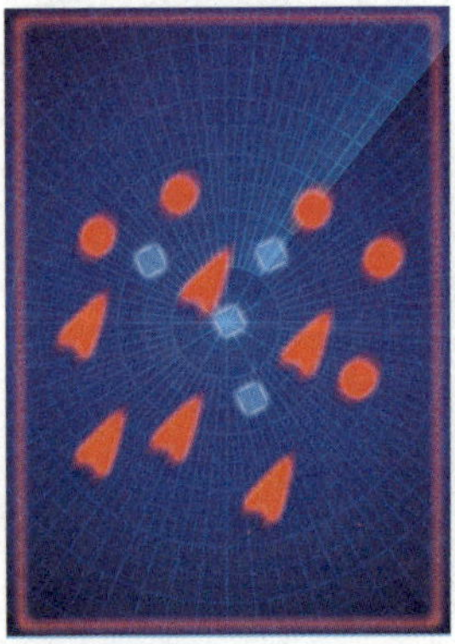

FIG. 1

FIG. 2

FIG. 3

Não consigo nem fazer piada com isso. Seria maldade. -Han

» **ESQUADRÃO PESADO:** Duas linhas de ataque pesado, designadas a sistemas em que haja suspeita de atividade inimiga. Nas situações em que é necessário localizar com precisão a posição do seu adversário, o esquadrão pesado pode ser composto por uma linha de ataque e uma linha de reconhecimento. Durante operações agressivas contra um inimigo, pode haver três linhas de ataque pesado e uma linha de conflito.

» **ESQUADRÃO DE BATALHA:** Duas linhas de ataque e uma linha de perseguição, incluindo ao menos um Destróier Estelar Imperial. Em geral, o esquadrão de batalha é usado para operações de ataque contra um inimigo conhecido.

» **ESQUADRÃO DE BOMBARDEIO:** Uma linha de conflito e uma linha de perseguição, incluindo ao menos uma esfera-torpedo (para mais informações a respeito de esferas-torpedo veja a Parte V). Esse tipo de esquadrão é usado para penetrar escudos planetários e reprimir insurreições em mundos rebeldes.

FORÇA DE SISTEMA

COMPOSIÇÃO: Diversos esquadrões, que em geral totalizam até noventa naves

POSTO DO COMANDANTE: Almirante de Sistema (que recebe o título de Comodoro)

Uma força de sistema é responsável por manter a ordem em diversos sistemas estelares.

» **FORÇA DE SUPERIORIDADE:** Três esquadrões de batalha e um leve designados a manter a superioridade em dado sistema.

» **FORÇA DE ESCOLTA:** Dois esquadrões pesados e dois leves que têm por objetivo principal proteger ativos valiosos ao Império.

» **FORÇA DE TRANSPORTE:** Dois esquadrões de batalha, um pesado e um leve empregados no transporte e na preparação de tropas do Exército e stormtroopers.

» **BOMBARDA DE SISTEMA:** Três esquadrões de bombardeio e um leve para bombardear planetas.

» **SERVIÇOS TÉCNICOS DE FORÇA:** Oito transportes e duas fragatas de escolta armadas, incumbidas de levar mecânicos especialistas com rapidez e segurança até onde são necessários.

» **FORÇA DE APOIO:** Mais de cem naves contêineres com a tarefa de reabastecer os depósitos Imperiais por toda a galáxia.

FROTA

COMPOSIÇÃO: Diversas forças de sistema, que em geral totalizam até quatrocentas naves

POSTO DO COMANDANTE: Almirante (que recebe o título de Comodoro)

Em geral, uma frota opera dentro de um único setor, mas ela não representa todos os seus recursos navais.

» **FROTA DE SUPERIORIDADE:** Seis Destróieres Estelares Imperiais e até quatrocentas naves de apoio em setores que representam pouco risco.

» **FROTA DE ASSALTO:** Duas forças de transporte e duas forças de escolta com a incumbência de transportar soldados do Exército Imperial até setores hostis.

» **FROTA DE BOMBARDA:** Duas bombardas de sistema e duas forças de escolta designadas a setores de alto risco e pouco valor. Frotas de bombarda aniquilam a oposição sem se preocupar com a infraestrutura local.

» **FROTA DE APOIO:** Quinhentas naves de menor porte, a maioria contêineres. Uma frota de apoio fornece às forças armadas Imperiais armas, munição, equipamentos, suprimentos e artigos de consumo.

» **FROTA DE ESTALEIRO MÓVEL:** Um total de 280 naves de apoio, além de uma força de apoio, usadas para dar suporte a dois estaleiros espaciais. Esses "complexos de estaleiros móveis" têm mais de cem baias de reparo com motores a hiperpropulsor para realocação rápida.

IMPEDINDO QUE AS FROTAS DE ESTALEIRO MÓVEL ATUEM, IMPEDIREMOS QUE AS FROTAS IMPERIAIS FAÇAM REPAROS. MONTEI UM PLANO PARA ATACAR O SETOR VORZYD. -RIEEKAN

GRUPO DE SETOR

COMPOSIÇÃO: Diversas frotas, que somam, no mínimo, 2.400 naves

POSTO DO COMANDANTE: Grande Almirante ou Moff do Setor

Um grupo de setor representa a totalidade das forças navais de um setor e conta com, no mínimo, 24 Destróieres Estelares.

Pode-se reunir forças navais maiores que um grupo de setor, como grupos regionais ou grupos de Macrossetores, mas esses não fazem parte da Ordem de Batalha padrão.

O QUE VOCÊ NÃO VÊ: DISPOSITIVOS DE CAMUFLAGEM

Por Grande Almirante Martio Batch

Dispositivos de camuflagem nunca foram comuns, mas hoje em dia quase não existem mais. Caso encontre um que funcione perfeitamente, ele bloqueará todos os métodos de detecção eletromagnética da nave que o tenha instalado, incluindo a luz visível. Não, não é mágica. No entanto, é bem caro. Durante décadas, os dispositivos de camuflagem foram alimentados por cristais stygian extraídos da Nebulosa Dreighton. Com o fornecimento de cristais praticamente zerado, o uso de dispositivos de camuflagem diminuiu.

Diversas naves Imperiais contam com camuflagens funcionais, embora não seja permitido dizer quais. Ainda restam algumas camuflagens nas mãos de particulares. Como é necessário usar muita energia para ligar uma tela de invisibilidade, é mais provável que se ache uma camuflagem civil em um grande cargueiro ou em uma nave contêiner. Caso encontre um, livre-se de sua tripulação do jeito que der, mas faça todos os esforços para capturar a nave intacta.

Enquanto a Nebulosa de Dreighton permanece em quarentena marcial, a pesquisa por fontes de energia alternativas continua.

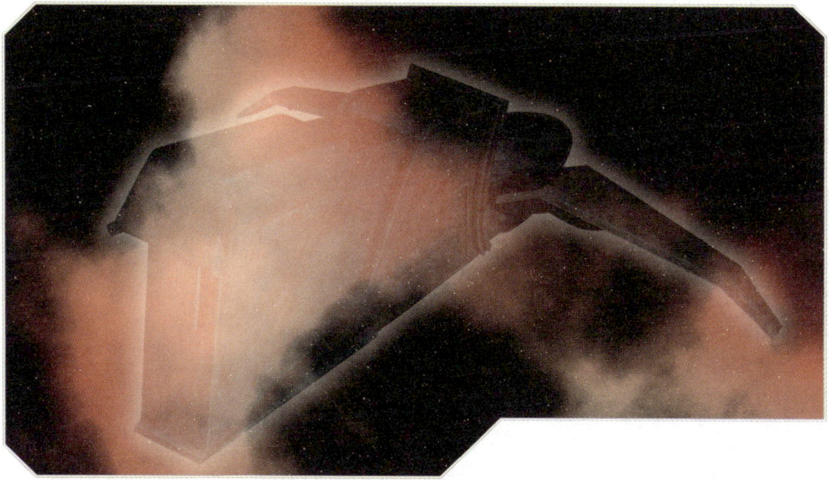

Um dispositivo de camuflagem é uma tecnologia incompreensível para os que não foram treinados para fazer sua manutenção. Apenas técnicos especializados do Império têm certificado para consertar esses dispositivos.

NAVES DA FROTA DA MARINHA IMPERIAL

As naves do Império são as melhores da galáxia e entram em combate com regularidade. A maioria delas foi construída nos últimos dez anos.

Sua modernidade e sua tecnologia só se comparam a seu poder e seu tamanho impressionantes. A maior parte das principais naves mais antigas que viajam pelas rotas espaciais, como as corvetas e as fragatas, mede entre 100 e 600 metros. Os cruzadores pesados introduzidos durante as Guerras Clônicas, como a nave de assalto classe Acclamator e o Destróier Estelar classe Vitória, medem entre 750 e 900 metros e ainda hoje têm uso limitado.

No entanto, as naves da Marinha Imperial moderna são bem maiores e têm muito mais capacidade. Um Destróier Estelar Imperial mede 1.600 metros da proa à popa, e alguns dos couraçados em fase de planejamento para serem lançados nos próximos anos serão muito maiores.

DESTRÓIERES ESTELARES

O Destróier Estelar é a principal nave de guerra do Império. Seu formato triangular é um aperfeiçoamento dos designs dos Destróieres Estelares das classes Acclamator, Venator e Vitória. Além disso, sua silhueta pontuda se tornou um símbolo do poder Imperial.

DESTRÓIER ESTELAR IMPERIAL (DEI)

Uma arma perfurante que ataca vindo das trevas, o Destróier Estelar Imperial, com seus 1.600 metros, é o orgulho da Marinha Imperial. Fabricado pelos EPK por cerca de duas décadas, centenas de milhares dessas naves patrulham o espaço Imperial.

Um DEI requer uma tripulação de quase 37 mil homens. Cada nave pode carregar vinte AT-ATs e muitos andadores menores, além das naves necessárias para pousá-los nos planetas. Um DEI pode transportar até 9.700 tropas terrestres.

Se o Império se fragmentar, existirá o risco de que todo comandante que possua um Destróier Estelar se torne um líder militar. —

As armas de um DEI são infames, capazes de reduzir a superfície de um planeta a lava derretida. Seis grandes torres com turbolaser e duas grandes torres com canhões de íons formam a artilharia principal da nave. Diversos turbolasers menores espaçados ao longo do casco criam uma tela de defesa contra o ataque de caças estelares. Canhões de íons e projetores de raios tratores oferecem proteção adicional.

Destróier Estelar Imperial Inferno

Um DEI também funciona como transporte de caças estelares. Uma ala de caças TIE — seis esquadrões, totalizando 72 naves — é o complemento-padrão de um DEI. Essa ala inclui caças, interceptadores e bombardeiros. Caças estelares TIE, transportadores, canhoneiras e outras naves partem do hangar localizado na parte inferior da nave, que é grande o bastante para engolir cargueiros e corvetas capturadas.

Um reator de ionização solar alimenta os motores de três íons do DEI, bem como quatro propulsores suplementares. Essas naves são extremamente rápidas abaixo da velocidade da luz. No topo da torre da ponte há dois globos sensores e de comunicação, que também funcionam como geradores de escudo.

Os Destróieres Estelares Imperiais são a principal nave de guerra do Império, além de alicerce de grupos de setor e esquadrões de batalha.

DESTRÓIER ESTELAR CLASSE VITÓRIA (DEV)

Os Destróieres Estelares Imperiais não existiriam sem seu precursor, que entrou em funcionamento durante o ápice das Guerras Clônicas. Com 900 metros cada, os modelos Vitória I e II são formidáveis naves de guerra que servem de apoio para os DEIs. Contudo, na Orla, é comum ver DEVs operarem sozinhos contra piratas saqueadores.

O armamento-padrão do Vitória inclui dez baterias turbolaser quádruplas, quarenta baterias, oitenta tubos de mísseis de concussão e dez projetores de raios tratores. A tripulação de um DEV varia entre 5 e 6 mil. Por conseguirem carregar até 2 mil soldados, é comum que essas naves sejam usadas como transporte.

A vantagem tática de um DEV está em seu hiperpropulsor, que o permite cruzar a galáxia na metade do tempo de um DEI. No entanto, abaixo da velocidade da luz, os motores de um DEV são consideravelmente mais lentos, o que permite a fuga rápida das naves rebeldes.

Ao contrário de seus primos, os DEVs operam bem em atmosferas de planetas. É glorioso assistir a um deles bombardeando em auxílio a uma infantaria Imperial.

CRUZADOR INTERDICTOR

Os Interdictors têm papel vital na frota Imperial, pois impedem que o inimigo entre no hiperespaço. O Interdictor mais comum em serviço é o Imobilizador 418, que mede 600 metros, embora os DEIs tenham sido remodelados da mesma forma que os Interdictors.

Ao gerar uma massa sombria de seus projetores de poços de gravidade, o Interdictor simula um grande corpo planetário no tecido extradimensional do hiperespaço. Na prática, isso previne que qualquer nave entre no hiperespaço dentro do alcance da gravidade do Interdictor. Além disso, se o caminho de qualquer nave cruzar com a massa sombria, será expulso do hiperespaço e forçado a voltar para o espaço real.

Se o Império fosse capaz de construções inteligentes – e não apenas grandes –, teria feito milhares de Interdictors. Se isso tivesse acontecido, talvez não tivéssemos sobrevivido. —Leia

Os Interdictors são usados principalmente para patrulhar rotas comerciais e impor a parada em postos de controle da alfândega. Essas inspeções de tráfego aleatórias ajudam a desencorajar o contrabando. Quando uma nave inspecionada é considerada em ordem, ela é liberada do controle do Interdictor.

Capazes de operar no hiperespaço, os caças estelares da Aliança Rebelde tornam o papel do Interdictor mais importante do que nunca. Afinal, um Interdictor consegue cortar a rota de fuga dos seus caças. Os Rebeldes que participam de emboscadas não conseguem mais fugir para ficar em segurança ao primeiro sinal de problema.

SUPERDESTRÓIER ESTELAR (SE)

Esta nave de guerra ainda não está em serviço, mas estará em breve. As primeiras naves vêm ganhando forma nos EPK e nos estaleiros de Fondor. Preenchendo o papel de um couraçado, o Superdestróier Estelar, de 19 mil metros de extensão, será a primeira nave pesada de guerra e servirá para comandar um setor.

Cada Superdestróier Estelar precisará de mais de 280 mil tripulantes. Treze motores impulsionarão a nave

Um dilema. Se a Aliança capturasse um desses monstros, não teria pessoal suficiente para tripulá-lo. —Mothma

abaixo da velocidade da luz, e isso com uma aceleração muito maior do que se pensa, levando em consideração seu tamanho. Entre as armas do Superdestróier Estelar haverá mais de 5 mil baterias de turbolaser e canhões de íons, além de 250 lança-mísseis de concussão dispostos ao longo do casco da nave e dentro das trincheiras na parte central.

Os SEs serão os principais meios para transporte de tropas e bombardeio de planetas, além de funcionar como porta-caças TIE e couraçado de batalha. A visão suprema do Imperador é ter um SE por setor para servir de nave de comando às forças Imperiais.

SUPERDESTRÓIERES ESTELARES CLASSES SOBERANO E ECLIPSE

Embora ainda estejam em fase de desenvolvimento, essas classes revolucionarão o combate naval e assegurarão o domínio da Marinha Imperial durante o próximo século.

O *Eclipse* está planejado para ter 17.500 metros de comprimento. Contará com um superlaser axial para penetrar os escudos planetários e pulverizar cidades com um único disparo. Entre os sistemas de armamentos auxiliares planejados estão turbolasers, canhões de íons e projetores de raios tratores, bem como os projetores de poços de gravidade usados pelos Destróieres Estelares Interdictor.

A gigantesca parte frontal do *Eclipse* contará com um casco tão espesso que poderá se chocar com naves inimigas sem sofrer danos. Estima-se que serão necessários 700 mil tripulantes para essa nave.

Em virtude de seu menor porte, o *Soberano* poderá entrar em serviço antes. Ele medirá 15 mil metros, tamanho mínimo para abrigar os geradores que alimentam o superlaser axial. Estima-se que serão necessários 600 mil tripulantes para essa nave.

NUNCA OUVI FALAR DE NENHUM DESSES. TALVEZ UM PROJETO QUE NUNCA TENHA DECOLADO. –RIEEKAN

SUPERDESTRÓIER ESTELAR EXECUTOR

Droides Navais: Construídos para Servir

As naves de guerra do Império são cidades móveis, complexas e densamente povoadas. Muitas corporações produzem variedades de droides para uso quase exclusivo da Marinha Imperial.

Eles se autodestroem se você acertá-los, então é bom se proteger. -Han

MODELO: MSE-6
FABRICANTE: Rebaxan Columni

Apelidado de droide rato, o MSE é um ágil mensageiro que leva comunicados de um ponto a outro com segurança. Os MSEs também são usados para tarefas simples de manutenção, como polir o chão e soldar. Se vir um desses droides se aproximar com pressa, dê passagem. É melhor não interferir em sua entrega de alta prioridade.

MODELO: RA-7
FABRICANTE: Indústrias Arakyd

Esse droide de protocolo é usado com frequência como ajudante de escritório. Os RA-7 trabalham com cronogramas e funcionam como tradutores quando emissários estrangeiros são acolhidos a bordo da nave.

MODELO: Droide Sonda Víbora
FABRICANTE: Indústrias Arakyd

Destróieres estelares podem contar com centenas desses Víboras, que são lançados em pods de foguetes e operam de forma autônoma ao alcançar seu destino. Seu aspecto lembra uma aranha, com diversos braços em formato de garras que ficam abaixados, um canhão de laser para defesa e um pacote de escaneamento multiespectro. Quando cumpre seu objetivo, o droide codifica e transmite os dados por comprimentos de onda Imperiais seguros.

MODELO: R-Series
FABRICANTE: Indústrias Autômato

Pintados nas cores da marinha, esses droides astromecânicos operam em hangares Imperiais realizando consertos e manutenção de TIEs e mecanismos de transporte, ou em casas de máquinas calculando coordenadas do hiperespaço e fornecendo dados de navegação atualizados.

NAVES DE APOIO DO IMPÉRIO

Em geral, os Destróieres Estelares são grandes demais para pousar em planetas. A Marinha Imperial emprega diversos tipos de transportadores e transportes para mover pessoal e equipamento de um Destróier para a superfície de um planeta, ou para fazer transferência entre naves da frota.

Transportador Imperial

O T-4a classe *Lambda* é o transportador de hiperespaço e a embarcação leve de uso geral mais comum da Marinha. É usado com frequência para o transporte de oficiais.

Seu design possui três asas e um estabilizador grande e fixo na superfície dorsal, além de duas asas adicionais que se recolhem na direção do estabilizador central quando a máquina está ancorada. Durante o voo, as asas laterais se estendem voltadas para baixo, em uma configuração de três pontas.

O armamento-padrão de um transportador consiste de três canhões duplos (dois voltados para a frente e um para trás), além de dois canhões duplos de laser voltados para a frente. O casco blindado e o gerador de escudo defletor protegem seus tripulantes.

O *Lambda* carrega até vinte passageiros, e sua tripulação-padrão é de seis pessoas: piloto, copiloto, navegador, oficial de comunicações, artilheiro e engenheiro.

Não fosse a onipresença desse modelo, nós nunca teríamos sido capazes de nos infiltrar na lua de Endor. -MADINE

O TRANSPORTADOR IMPERIAL CLASSE *LAMBDA* É FORTEMENTE BLINDADO, AO CONTRÁRIO DOS CAÇAS ESTELARES TIE, QUE FREQUENTEMENTE ATUAM COMO SERVIÇO DE ESCOLTA.

Os desembarcadores Sentinela são lentos, mas suas armas lhe fornecem uma ampla gama de fogo. Não importa que um X-Wing seja capaz de dominá-los; não quando não houver um vetor de aproximação. –Wedge

NÃO DEIXE DE LADO AS CAPACIDADES OFENSIVAS DO SENTINELA.
ELE É BEM-EQUIPADO TANTO PARA DESEMBARCAR QUANTO PARA PACIFICAR.

Desembarcador Sentinela

O desembarcador Sentinela é o transporte-padrão de peso usado pela Marinha Imperial. O design de asa dobrável e o formato da cabine do piloto são semelhantes aos do transportador Imperial classe *Lambda*.

Com uma armadura pesada e quatro projetores de defletores de escudo, o desembarcador Sentinela consegue transportar tropas até uma zona de guerra e, se necessário, fornecer apoio aéreo vindo de trás. Cada exemplar carrega até 45 soldados com suas speeder bikes e equipamento pesado; e, reconfigurando o compartimento de carga, um desembarcador Sentinela consegue carregar mais doze andadores AT-ST de reconhecimento.

As armas de um desembarcador Sentinela são oito canhões de laser, dois lança-mísseis de concussão, um canhão de íons retrátil e duas blasters giratórias que atiram sem parar. Sua tripulação-padrão consiste de um piloto, um copiloto (ou um oficial que cuide dos sensores) e três artilheiros.

Andador de transporte

O Andador Y-85 Titan carrega andadores AT-AT das naves de guerra da Marinha do Império até a superfície do planeta. Sua forte blindagem lhe permite resistir ao fogo inimigo contínuo durante a descida, às manobras de posicionamento e à descarga. Dois canhões duplos voltados para a frente fornecem defesas adicionais.

Ele é capaz de transportar quatro AT-ATs e quatro AT-STs de uma só vez. Para que desembarquem rapidamente, os andadores ficam pendurados em ganchos.

Cargueiro Imperial

Essa readaptação naval da estrutura do cruzador Gozanti permite o transporte de caças estelares TIE, andadores AT-DP e stormtroopers entre as frotas e as guarnições planetárias. O cargueiro carrega até quatro TIEs montados sob suas asas e funciona como um andador de transporte para soldados e andadores em zonas de conflito.

CAÇAS ESTELARES TIE

Com o advento do Império, houve um enorme desenvolvimento de caças estelares. A série TIE possui uma lista de elementos comuns a esse tipo de nave — asas de painel solar, cabine esférica e motores de íons barulhentos —, mas serviu como bancada de teste para experimentos revolucionários.

Desenvolvida pela Santhe/Sienar, a série TIE recebeu esse nome por causa dos dois motores de íons que o impulsionam. Esses motores são alimentados por um reator de ionização solar, que recebe energia dos painéis solares que o caracterizam.

A maior parte dos TIEs não conta com escudos ou hiperpropulsor. Por aumentarem o custo, esses adicionais reduziriam a capacidade de fabricar TIEs em números avassaladores. Os pilotos TIE são excepcionalmente treinados para não serem alvejados.

Caça TIE

O caça TIE é o pilar do Ramo de Voo Imperial e a base de todas as variantes TIE.

Seu motor é um prodígio em design de precisão e pouco requer em termos de manutenção ou ajuste. Como os caças TIE não vêm equipados com escudos, material de suporte à vida ou motores com hiperpropulsores, sua massa é bastante reduzida, o que resulta em uma nave ágil e que responde aos comandos rapidamente.

Entre os seus armamentos estão um par de canhões de laser montados na extremidade frontal da cabine. Para compensar suas deficiências em poder de fogo ou de defesa, os caças TIE atacam em grupo. O Comando Imperial os considera um ativo barato e descartável. A falta de um hiperpropulsor significa que os caças TIE dependem de Destróieres Estelares ou outros porta-caças que os levem ao local da batalha. Os caças TIE também podem ser conduzidos até as guarnições Imperiais, mas suas asas hexagonais podem gerar uma desvantagem em condições de muito vento.

Vesgos — É assim que os pilotos da Aliança chamam os caças TIE. Fica muito mais fácil de entender as comunicações durante as ações quando você sabe disso. —Wedge

Bombardeiro TIE

Bombardeiro TIE

Além das asas dobradas características, os bombardeiros TIE contam com duas cabines alongadas — uma para o piloto e outra para a carga.

Os bombardeiros TIE são usados em ataques a superfícies de planetas e em ofensivas contra grandes naves de guerra. São mais lentos e menos manobráveis que outros modelos da série TIE, mas podem atacar os caças inimigos a distância, ao travar a mira e disparar um míssil teleguiado. Assim como o caça TIE, os bombardeiros possuem um par de canhões de laser na extremidade frontal da cabine.

O controle dos Patetas é igual ao de um Andador em um atoleiro de lama, mas os mísseis teleguiados são um problemão. É difícil fugir deles, ainda mais quando você ainda tem um interceptador TIE na sua cola. –Wedge

O local de armazenamento de armas de um bombardeiro TIE pode contar com uma variedade de ogivas. Em geral, a área de carga tem dezesseis mísseis de concussão, doze torpedos de prótons, oito foguetes de prótons, quatro bombas de prótons ou 64 detonadores termais. Os sensores do bombardeiro resistem à interferência eletrônica do inimigo.

Há uma variante do bombardeiro TIE que conta com uma área para passageiros, em vez de ogivas. Outra exibe um engate para acoplamento e uma ferramenta para cortar cascos. Esta é usada para transportar tropas de soldados que embarcarão em naves inimigas.

Interceptador TIE

Um de nossos caças estelares mais velozes, o interceptador TIE é identificado por seus angulosos e pontiagudos painéis solares que apontam para a frente, mas há vãos nas partes laterais para permitir a visão periférica do piloto. A maioria dos interceptadores TIE tem quatros canhões de laser, um em cada ponta da asa. Outros exibem um par de canhões de laser montados na extremidade frontal da cabine, assim como o caça-padrão TIE.

Desenhado para ser mais rápido e manobrar com mais eficiência que os caças inimigos, o interceptador TIE

E esses nós chamamos de Ceguetas. Alguém precisa preservar a linguagem do esquadrão. –Wedge

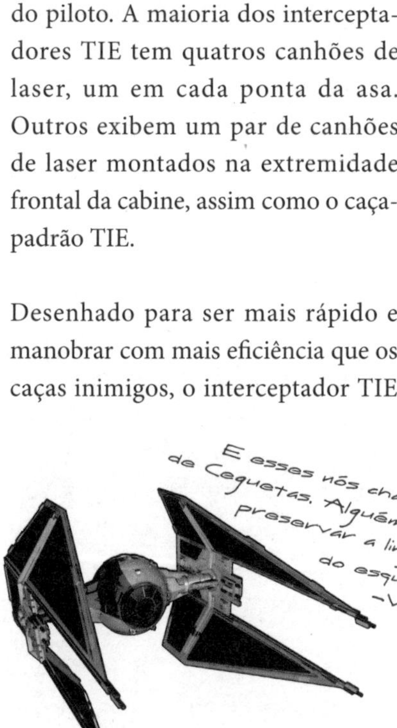

Interceptador TIE

possui um projetor de feixe de íons que o permite fazer complexas manobras de combate. A nave recebeu cumprimentos do Ramo de Voo. Sob o comando do Tenente Kasan Moor, o ilustre 128º Esquadrão de Interceptadores TIE é um exemplo do que o Império pode conseguir quando os melhores pilotos recebem o melhor equipamento.

Caça TIE Avançado

Ainda é um protótipo, mas já há um modelo inicial que funciona como o caça estelar do Lorde Darth Vader. A nave foi construída pelo engenheiro-chefe Raith Sienar de acordo com as especificações de Vader, e sua reação positiva ao design nos deu esperanças de que o caça TIE Avançado será produzido em grande número.

A nave tem corpo alongado e casco reforçado. Para ser compacta, seus painéis solares têm um ângulo voltado para o corpo da nave, que também conta com dois canhões de laser pesados e um lança-mísseis.

O mais notável de tudo é que o caça TIE Avançado vem com gerador de escudo e hiperpropulsor. Isso aumenta em muito o custo, mas esperamos que essas melhorias aumentem o desempenho proporcionalmente.

Existe uma quantidade limitada de protótipos iniciais de caças TIE Avançados. Presenteadas a Inquisidores do Imperador e a outros acólitos favorecidos, essas naves especiais podem ser identificadas pela configuração mais compacta do painel da asa e, portanto, por suas medidas reduzidas.

Caça TIE Avançado. Perceba os painéis solares menores.

SEÇÃO ESPECIAL:
MODELOS TIE EXPERIMENTAIS

Por Capitão Soontir Fel

Eu sou piloto, não engenheiro. Quando se trata das naves da série TIE, talvez eu não tenha qualificação para falar sobre custos ou acordos. Mas já as pilotei e conheço seus limites. Em meu pouco tempo nos Campos de Voo Secretos Imperiais, fiz um teste completo desses modelos, que já devem estar em fase de edição limitada ou estarão em breve.

Agressor TIE

O Agressor é um caça de combate com armamento pesado, o que o classifica como um caça híbrido de combate/bombardeiro. Seu equipamento bélico consiste de dois canhões de laser rebaixados e um lança-mísseis.

AGRESSOR TIE

O Agressor tem apenas dois tripulantes: um piloto e um artilheiro, que opera a torre de tiro a laser localizada na popa da estrutura da nave. Com essa configuração, o Agressor pode abater perseguidores que tentem obter vantagem do tradicional ponto cego dos caças TIE.

Apesar de a nave não contar com hiperpropulsor, seu suprimento de combustível e de artigos de consumo a permite operar em missões que durem vários dias em um sistema estelar. O Agressor TIE já vem sendo usado na Orla Exterior para acossar naves Rebeldes.

ESSES NÃO SÃO MUITO MELHORES QUE OS Y-WINGS EM TERMOS DE CAPACIDADE DE MANOBRA, E TAMBÉM NÃO CONTAM COM UM GERADOR DE ESCUDO. OBSERVE SEUS ÂNGULOS DE APROXIMAÇÃO, E VOCÊ PROVAVELMENTE SERÁ CAPAZ DE DERRUBÁ-LOS. -LUKE

Nos meus tempos de piloto, nós praticamente só usávamos Caçadores. Uma sólida nave de longo alcance. Certa vez, nós os escondemos de detectores submergindo-os num reservatório e os reavimos uma semana depois, sem nenhum desgaste. -MADINE

Caçador TIE

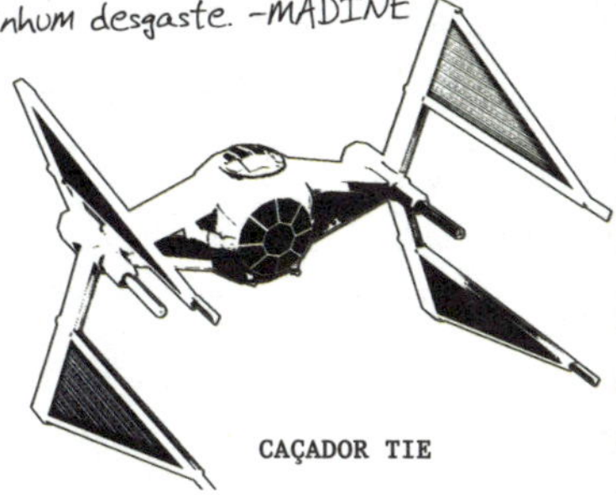
CAÇADOR TIE

Encomendado pelos comandos de assalto do Império, o Caçador TIE tem como objetivo reverter qualquer vantagem que porventura tenham os caças X-Wing da Aliança Rebelde. O painel solar do Caçador abre e fecha como os aerofólios S de um X-Wing. No modo de ataque, ele se estende para aumentar o alcance dos canhões de laser do Caçador.

O Caçador conta com gerador de escudo e hiperpropulsor, e pode operar sem um porta-caças. É extremamente rápido, abaixo da velocidade da luz. Em termos de armamento, possui dois canhões de laser, dois canhões de íons e um lança-torpedo de prótons.

Defensor TIE

DEFENSOR TIE

Ainda em fase de desenvolvimento, o Defensor TIE promete ser a expressão mais revolucionária da série TIE — isso contando que os engenheiros da Sienar descubram como colocar tanto poder em uma estrutura tão pequena.

O Defensor TIE é um caça estelar que conta com escudo e hiperpropulsor. Seus três painéis solares proporcionam uma silhueta característica.

Dois canhões de laser estão acoplados na asa superior, e há dois mais em cada asa restante. O Defensor também possui um lança-ogiva para disparar mísseis de concussão e torpedos de prótons, além de um projetor de raio trator capaz de diminuir a velocidade da nave inimiga a ponto de assegurar a chance de travar a mira.

Esses ainda estão por aí. Não muitos, mas, se eu não precisar encará-los, não quero me deparar com nenhum desses pela frente. -Wedge

A nave tem dois motores idênticos de íons. Bocais nas pontas das três asas proveem ao Defensor uma fantástica capacidade de manobra.

Por causa do poder do Defensor TIE, bem como de seus muitos sistemas de armamentos, a maioria dos seus operadores sentirá dificuldade. Seria um erro confiar um desses a qualquer um que não seja piloto de elite.

Fantasma TIE

Atualmente, o Fantasma TIE se encontra em fase de desenvolvimento em um local secreto. O protótipo de caça estelar é uma versão modificada do caça de combate V38. É equipado com hiperpropulsor e gerador de escudo, mas sua característica mais marcante é seu equipamento de camuflagem.

FANTASMA TIE

Com o uso de tecnologia confidencial, a camuflagem oferece invisibilidade total contra sensores eletrônicos, bem como a olho nu. O disfarce opera em conjunto com o sistema de armas, deixando de funcionar pela fração de segundo em que as armas atiram.

O sistema de armamento do Fantasma consiste de dois canhões de laser na fuselagem e três canhões de laser nas pontas das asas. As asas de painel solar despontam direto da fuselagem como as barbatanas de um krakana. Sua cabine alongada conta com circulação atmosférica de suporte à vida.

O Fantasma TIE é equipado com suprimentos suficientes para operações de longo alcance. Ainda assim, seus armamentos o fazem cair na categoria de caça estelar de ataque. Não é preciso dizer que o Fantasma poderia ser a nave ideal para operações furtivas e de reconhecimento.

PERIGOS DO ESPAÇO: VIDA SELVAGEM NO VÁCUO

Por Chefe de Tripulação Oxenbrigg

Supervisiono uma equipe de manutenção de integridade de cascos para a Marinha. Se trabalharmos direito, você nem notará que existimos. Mas há algumas coisas que você pode fazer para manter sua nave em boa forma e facilitar um pouco o nosso trabalho.

É raro avistar animais no vácuo do espaço interestelar, mas eles existem. Quer dizer, até que algo pule e lhe dê uma mordida, você nunca pensaria que existe algo vivo debaixo de uma duna de areia ou de uma geleira. Ou no vácuo.

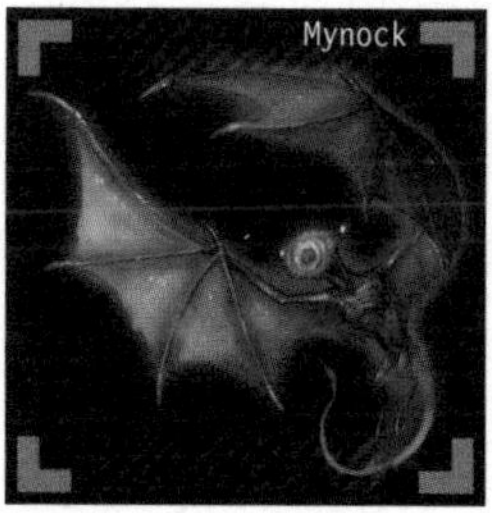

Mynocks: Animais carniceiros que se parecem com morcegos. Em geral, medem de um a dois metros de uma ponta da asa a outra. Alimentam-se de energia e se reproduzem espalhando pequenas larvas de si mesmos. Sua dieta regular consiste de quaisquer traços de radiação estelar e cósmica que surjam à sua frente. Portanto, para eles, o reator de uma nave estelar é um banquete.

Se passar muito tempo em órbita ou ancorado em alguma estação espacial ainda não avaliada pelo Departamento Imperial de Naves e Serviços, você provavelmente os encontrará. Se minha equipe e eu não os encontrarmos antes, eles poderão se entocar no casco e comer as linhas de energia.

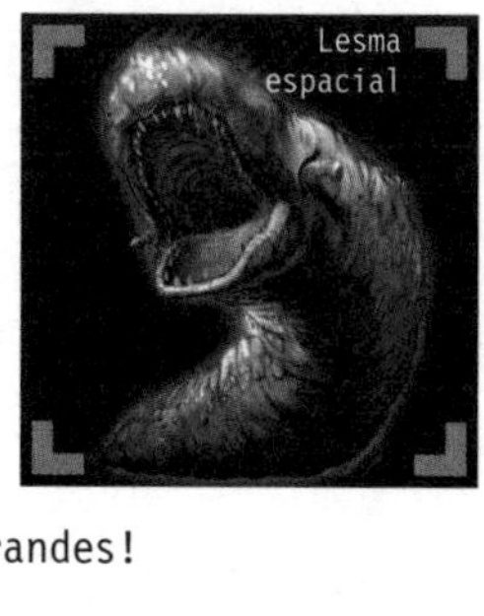

Lesmas espaciais: Vermes grandes e dentados. Em geral medem dez metros, mas viajantes espaciais veteranos afirmam ter visto exemplares cem vezes maiores. Vivem em luas e asteroides, nas cavernas sem ar. Assim como os mynocks, alimentam-se passivamente da radiação, mas também de pedra e metal. É para isso que elas têm esses dentes grandes!

Evite campos de asteroides e esteja preparado para atirar em qualquer lesma que se aproxime. Caso elas se anexem à sua nave, é praticamente impossível tirá-las. E remover marcas de mordida não é nada legal.

RELATÓRIO DE MISSÃO: A BATALHA DE TURKANA

Revidar o Ataque Rápido de Caças Estelares é Crucial para a Vitória

Por Capitão Firmus Piett, Destróier Estelar *Accuser*

Turkana é um mundo pouco povoado no setor Pakuuni, próximo ao Aglomerado Tion. A Inteligência Imperial relatou uma concentração de naves Rebeldes orbitando o planeta. Estimativas iniciais diziam que havia entre quatro e seis grandes naves de guerra e de três a oito naves menores. O governador do setor enviou dez Destróieres Estelares Imperiais para Turkana com ordens de prender e eliminar a ameaça.

Sob o comando do Capitão Lennox, o Destróier Estelar *Tyrant* funcionou como nave comandante. Sob meu comando, o Destróier Estelar *Accuser* deu o suporte primário ao *Tyrant*.

Após verificar a posição do inimigo com um caça estelar que fez um sobrevoo, nossa frota saiu do hiperespaço, surpreendendo os rebeldes e bloqueando seu vetor de fuga para o hiperespaço (Formação Besh, Padrão de Ataque Tartarus). No momento de nossa chegada, o inimigo era composto de sete cruzadores estelares Mon Calamari, duas fragatas Nebulon-B, duas corvetas CR-90, duas GR-75 — naves de transporte de tamanho médio — e uma nave-cisterna Golan Ribbon, que em tese fornecia combustível para a força-tarefa Rebelde.

Todos os Destróieres Estelares atacaram os cruzadores Rebeldes com turbolasers de longo alcance. O Capitão Lennox ordenou que o *Tyrant*, o *Accuser* e o *Flanchard* lançassem seus regimentos de caças estelares TIE. Os bombardeiros TIE alvejaram os motores dos cruzadores inimigos.

Com menos de um minuto de batalha, os Rebeldes lançaram seus próprios caças estelares, que consistiam de três esquadrões de Y-Wings BTL e dois esquadrões de X-Wings T-65 recém-fabricados pela Incom.

Eu avisei ao Capitão Lennox a respeito dos recursos avançados dos X-Wings, mas ele manteve firme a postura de que ter mais naves seria suficiente e, por isso, não alterou a tática. Os X-Wings se aproximaram dos TIEs e interceptadores, e, com sua velocidade e capacidade de manobra semelhantes às das nossas naves, nos impediram de tirar vantagem de nossa própria manobrabilidade. Eles também absorveram disparos com seus escudos de energia. Então, com nossos caças TIE ocupados, os Y-Wings dos Rebeldes atravessaram a região de luta entre TIEs e X-Wings e começaram a alvejar nossos bombardeiros um a um.

Acreditando que as ações do Capitão Lennox já haviam nos custado a vitória, posicionei o *Accuser* de modo a disparar seus turbolasers na direção de onde atacavam os bombardeiros. Isso pulverizou muitos dos Y-Wings que incomodavam e permitiu que um esquadrão de bombardeiros esvaziasse sua carga, incapacitando os motores do cruzador MC80, que funcionam abaixo da velocidade da luz.

Ali, os X-Wings já haviam acabado com nossos caças e se juntado aos Y-Wings para alvejar nossos bombardeiros remanescentes. Ordenei que todos os Destróieres Estelares se aproximassem a ponto de todas as suas armas alcançarem as naves inimigas (Formação Aleph, Padrão de Ataque Abbadon). Porém, sem a cobertura dos caças estelares TIE, nós não teríamos como prevenir que os caças Rebeldes descarregassem seus torpedos de prótons nos escudos interligados do *Formidable* e do *Ajax*, o que causaria grandes estragos em ambas as naves.

Lennox deu a ordem de retirada. A frota evadiu para o hiperespaço e se reagrupou em Pakuuni. Diversas naves dos Rebeldes foram avariadas, mas nenhuma destruída.

RECOMENDAÇÕES PÓS-MISSÃO:

· Ao encarar X-Wings Rebeldes, mobilizar mais interceptadores velozes

· Diminuir a velocidade dos caças estelares inimigos com raios tratores, o que ajudará nossos artilheiros a travar a mira em alvos menores

· Tirar o Capitão Lennox do comando das operações navais do setor Pakuuni. Nota: Preparei um plano de campanha apropriado [consulte NFOp-TbM-11891: Operação Terror Total] e estou pronto para liderar o contra-ataque do Império.

O Esquadrão Vermelho pilotava doze desses X-Wings, estacionados a bordo da nave Independence, sob o comando do Almirante Ackbar. Acertei três naves inimigas antes de precisar ejetar.

-Wedge

PARTE III

O EXÉRCITO IMPERIAL

Por General Cassio Tagge

O objetivo do Exército Imperial é obter a superioridade por terra.

O motivo por trás disso é simples: nós somos seres vivos. Não podemos sobreviver no vácuo; não somos mynocks. Pergunte a si mesmo: por que os espaços vazios entre as estrelas têm valor estratégico? É somente porque as hiper-rotas *levam* a algum lugar — a um mundo habitável ou com recursos que possamos explorar. O Exército Imperial invade e ocupa esses mundos em nome do Imperador e os protege de ataques.

À Marinha Imperial, que nos conduz até o campo de batalha, agradecemos pela carona. Recebam nossos cumprimentos. Mas é quando o Exército Imperial desembarca que a guerra começa de verdade.

Não somos stormtroopers. Você os vê fazendo ataques-relâmpago a fortalezas ou estabelecendo cabeças de praia, mas é comum que percam muitos em suas fileiras. Eles têm seu papel, que é... compatível. O Exército Imperial, e somente ele, é equipado para tomar e defender um planeta. Talvez nossas formações especializadas e nosso equipamento pesado demorem mais para ficar preparados, mas somos capazes de empreender operações planetárias fundamentais e de manter a superioridade por terra.

O Exército Imperial engloba a infantaria, a cavalaria blindada, as forças especiais, os operadores de artilharia, engenheiros, batedores e motoristas. Somos herdeiros da nobre carreira armada que serve à Sua Majestade Imperial, o Imperador Palpatine, e aos preceitos de seu Império Galáctico.

NÚMEROS. NÚMEROS EXTRAORDINÁRIOS E EQUIPAMENTO SUPERIOR. A ALIANÇA NUNCA PODERÁ TER A ESPERANÇA DE DERROTAR O EXÉRCITO IMPERIAL EM COMBATE ABERTO.

—RIEEKAN

HISTÓRIA DO EXÉRCITO IMPERIAL

O Exército Imperial existe em seu formato atual há menos de duas décadas. Ainda assim, nós, soldados, temos uma ligação com todos os guerreiros mortos. Desde que o primeiro cacique Taung levantou sua lança para sinalizar um ataque, há soldados que, nobremente, vêm derramando sangue pela glória de uma causa maior.

Eles afirmam ser nobres, mas não se responsabilizam por suas ações. – Leia

As origens do Exército Imperial estão no Grande Exército da República, reunido em uma época de grande necessidade para proteger um governo galáctico unido, justo e ordeiro do terror Separatista espalhado pela Confederação de Sistemas Independentes. Durante os anos das Guerras Clônicas, o Grande Exército da República alistou voluntários, recrutas e oficiais de carreira militar das Forças Judiciárias da República para suplementar os clone troopers criados em laboratório. Após a guerra, os sobreviventes formaram a espinha dorsal da Tropa de Stormtroopers, o que deixou o Exército Imperial livre de clones e pronto para se dedicar à missão de obter a superioridade por terra.

Graças ao desenvolvimento da pesquisa militar durante o tempo de guerra, o Exército Imperial se beneficiou de equipamentos criativos e destrutivos. O AT-TE forneceu o gabarito para uma fartura de modelos de andadores blindados. Então, também passamos a ter uma nova compreensão da ciência da guerra. Os comandantes humanos que lideravam os clone troopers foram transferidos e se tornaram oficiais de elite do Exército Imperial, onde sua experiência tática em derrotar droides Separatistas seria reaproveitada para fazer simpatizantes da causa andarem na linha.

Sozinho, o Exército Imperial dizimou a ameaça de dissidência naquelas batalhas iniciais. Ficaríamos felizes em mudar nosso foco para a manutenção da paz, mas infelizmente a traição e a covardia tomaram uma nova e horrível forma: a Aliança Rebelde.

Sem ter em conta a segurança dos verdadeiros cidadãos Imperiais, esses Rebeldes perversos semearam seu veneno em milhares de mundos. Se os soldados fiéis não tivessem se apresentado para preservar a Nova Ordem construída pelo Imperador Palpatine, o vírus teria se espalhado e afundado a galáxia no caos total.

É só uma ostentação vazia. Além disso, esse cara já virou poeira no espaço. – Han

Os Rebeldes e seus simpatizantes temem a ordem. Suspeitam da prosperidade. Odeiam o progresso.

De todas as afirmações imbecis feitas às cegas, estas estão no topo da lista das mais vis. Palavras têm poder. Uma propaganda como essa dificulta a nossa luta. É uma difamação, e deve ser rejeitada com veemência. – Leia

Observe quem eles acolhem como soldados e oficiais, e você perceberá rostos peludos, cheios de escamas ou olhos esbugalhados. Com isso, notará que eles também odeiam Humanos.

O Exército Imperial tornou-se mais vital do que nunca. Nosso estado de emergência atual não cessará enquanto não aniquilarmos completamente a Aliança Rebelde.

Vigilância é vitória.

O SOLDADO IMPERIAL

Um soldado do Exército Imperial não é um recruta esfarrapado de uma milícia planetária. Nossos soldados são os principais defensores do Império.

Todo soldado do Exército Imperial deve seguir estes quatro princípios:

» **VIGOR**. Você não recuará diante de fogo inimigo, tampouco aceitará a derrota. Você dará a vida para destruir os inimigos do Império.

» **OBEDIÊNCIA**. Obedeça às ordens sem questioná-las. A cadeia de comando existe por um motivo. Sem ela, só restam o caos e a ruína.

» **DISCIPLINA**. Mantenha corpo, mente e equipamento em forma. Caso não o faça, eles falharão.

» **ABNEGAÇÃO**. Você não age por conta própria. Você faz parte de uma unidade. Não importa o seu posto: você tem um papel a desempenhar nessa unidade.

Ah, o sistema VODA. Também conhecido por ser uma fraude. Para os oficiais do Alto-Comando Imperial, isso não passa de balela. -MADINE

Lembre-se: o Exército Imperial luta para impor o governo do Imperador em planetas desde o Núcleo até a Orla. Nós lutamos em diversos ambientes. Lutamos para acabar com a determinação dos inimigos e usá-los como advertência para os outros da inutilidade de desafiar o Império.

Nós lutamos. Nós vencemos.

UNIFORMES DO EXÉRCITO IMPERIAL

As roupas mostram nosso profissionalismo em relação aos assuntos do Imperador. Nesta seção encontram-se os uniformes corretos de diversas divisões do Exército Imperial. No papel de comandante, você deve reconhecê-los e advertir os soldados que descumprirem a regulamentação do código de vestimenta.

SOLDADO DO EXÉRCITO IMPERIAL

O uniforme de um soldado de infantaria, soldado com armamento pesado ou outras denominações comuns.

PILOTO DO EXÉRCITO IMPERIAL (BLINDAGEM PESADA)

A armadura de batalha de um piloto do Exército Imperial que opere um AT-AT, ou outra blindagem pesada.

PILOTO DO EXÉRCITO IMPERIAL (CAVALARIA BLINDADA)

A vestimenta mais leve de um piloto do Exército Imperial que opere um AT-ST, ou outra cavalaria blindada.

COMANDO IMPERIAL

Excepcionais oficiais do Exército, os comandos foram treinados para executar investidas contra alvos de grande valor. Os comandos Imperiais são uma unidade de elite dentro das forças de Missões Especiais do Exército, e seus uniformes refletem sua posição.

Piloto do Exército Imperial (blindagem pesada)

Não oferece muito em termos de proteção. Deve ser por isso que eles ficam fechados em suas latas andantes. -Han

Piloto do Exército Imperial (cavalaria blindada)

ESTRUTURA DA MISSÃO

O Exército Imperial serve ao Imperador. Não nos reportamos aos civis e não nos importamos com suas queixas. As ordens vêm do Imperador e são transmitidas pelo Comando do Exército por uma hierarquia clara.

Não é assim que se fazem alianças locais. A maioria das unidades de Missões Especiais Imperiais não pensa dessa forma. -MADINE

O modo como essas ordens se convertem em uma ação específica depende da habilidade do comandante para seguir protocolos. Que unidades um comandante enviará para a batalha? Como essas unidades serão usadas no campo de batalha? As respostas são determinadas por objetivos estabelecidos e recursos disponíveis. O Exército Imperial é encarregado de manter a supremacia por terra em nome do Império. É comum que os planos para aplicar esse poder, seja para tomar uma simples colina ou subjugar um planeta inteiro, integrem o escopo de atividades do comandante de uma unidade.

Entre os objetivos de missões de superfície encontram-se:

» Obliterar uma propriedade inimiga por completo.

» Atacar a infantaria e as unidades mecanizadas do inimigo.

» Providenciar condições para a infiltração estratégica de comandos ou forças expedicionárias.

» Assegurar o controle do recurso-chave ou do eixo de suprimentos de algum planeta.

» Manter o controle de um objetivo conquistado e impedir os inimigos de reconquistá-lo.

No papel de comandante, você é responsável por ditar as regras da batalha. Assim que os parâmetros de combate são delineados, um comandante deve atuar de forma rápida e decisiva. A resposta inicial deve esmagar os inimigos com poder de fogo, deixando-os em estado de choque e desesperançosos. Quando estiverem desordenados, ataque para desfazer os seus planos e expor as suas falhas. Capture, mantenha o controle e tire proveito de seu objetivo! Nunca se compadeça. Sua vitória deve ser um aviso a todos que duvidem da força do Império.

Embora uma população que imponha resistência seja definida por seu local e por seu planeta, a Aliança Rebelde é um inimigo sem fronteiras. Eles são covardes que atacam do vácuo e rapidamente voltam para o nada.

Isso não é um defeito, é uma característica. —Wedge

Quando Rebeldes são descobertos, a prioridade do Exército Imperial é erradicar sua existência de forma imediata e decisiva. Da mesma forma que se esteriliza uma ferida queimando-a, uma célula Rebelde suspeita em operação deve ser eliminada com total eficiência. O Exército Imperial não precisa da cooperação dos governos planetários locais, mas pode requisitar sua obediência quando necessário.

Além de monitorar a presença Rebelde, um Comandante do Exército Imperial conhece o submundo do crime. Hutts, contrabandistas, caçadores de recompensa e outros que vivem à margem da civilização podem não ser tecnicamente parte da Aliança Rebelde, mas são inimigos do Império da mesma forma.

FORMAÇÕES E DESDOBRAMENTO

Um comandante deve responder a ameaças com a força apropriada. Como o Exército Imperial é estruturado para encarar qualquer desafio, o ato de avaliar o que a situação requer — uma evolução, unidades adicionais, unidades especiais etc. — é tarefa do comandante. É fundamental conhecer os principais agrupamentos de unidades do Exército Imperial.

ESQUADRÃO

ESTRUTURA: Nove soldados
POSTO DO COMANDANTE: Sargento
CAPAZ DE: Capturar um edifício

Um esquadrão é a menor unidade do Exército Imperial, sendo fundamental ao seu funcionamento. Consiste de oito soldados mais um sargento que funciona como comandante. Cada esquadrão pode ser dividido em duas equipes se assim determinar o sargento. A especialidade e o equipamento do esquadrão definem sua função militar. Atualmente, o Exército Imperial conta com os seguintes tipos de esquadrão:

» **ESQUADRÃO DE LINHA:** A unidade básica da infantaria Imperial.

» **ESQUADRÃO DE ARMAMENTO PESADO:** Os soldados dessa unidade são equipados com blasters de repetição para oferecer poder de fogo na linha de frente.

» **ESQUADRÃO DE ATIRADORES DE ELITE:** Equipados com rifles sniper, os membros dessa unidade são recrutados entre as fileiras das forças de Missões Especiais.

O IMPÉRIO PODE DISPOR DE SOLDADOS ESPECIALISTAS EM GRANDE NÚMERO NO CAMPO DE BATALHA. FELIZMENTE, ELES NÃO SÃO TÃO BEM-TREINADOS QUANTO NÓS.
—RIEEKAN

Eu discordo.
—MADINE

» **ESQUADRÃO DE ENGENHARIA:** Especialistas em demolições e consertos, contam com treinamento extensivo em tecnologia e também são oriundos das fileiras das forças de Missões Especiais.

» **ESQUADRÃO REPULSOR:** Atuando como motoristas, artilheiros e mecânicos, seus membros operam dois veículos de transporte leves com motor a repulsão.

» **ESQUADRÃO REPULSOR DE ARMAMENTO PESADO:** Opera dois veículos de transporte leves com motor a repulsão e poder de fogo extra — canhões de blaster de repetição e lança-granadas.

» **ESQUADRÃO DE RECONHECIMENTO:** Também chamado de lança, este esquadrão consiste de cinco soldados equipados com speeder bikes, ou AT-RTs. Duas unidades se combinam para formar uma esquadra de reconhecimento.

PELOTÃO

ESTRUTURA: Quatro esquadrões
POSTO DO COMANDANTE: Tenente
CAPAZ DE: Capturar um distrito

A especialização no nível de pelotão dá ao comandante mais opções em ações agressivas, pois o desdobramento de um pelotão pode envolver blindagem pesada (AT-ATs) e artilharia. Entre os pelotões táticos estão:

» **PELOTÃO DE LINHA:** Formação básica de infantaria composta de quatro esquadrões.

Um pelotão é uma unidade de combate ágil e facilmente configurável. Evite contar com mais forças do que o necessário, a não ser que deseje desperdiçar os recursos do Imperador.

» **PELOTÃO DE ASSALTO:** Essa configuração combina dois esquadrões de linha com dois esquadrões de armamento pesado. Pode ser ampliado com veículos blindados.

» **PELOTÃO DE ARTILHARIA:** Consiste de quatro peças de artilharia dedicadas ou oito veículos leves equipados com essas peças, juntamente com suas respectivas tripulações. A artilharia de longo alcance é usada para atacar alvos a distância. Sua função pode ser a de fogo de direto na linha de visada (como é o caso do V-188 Penetrator ou do canhão de íons C-136, também chamado de "Arma do Vovô", fabricado pela Speizoc), fogo indireto parabólico (MobileMortar-3) ou fogo antiaéreo (G-003 Tri-Tracker).

A Aliança adquiriu peças de artilharia Imperiais durante os combates, mas nós não temos equipe para operá-las. —Mothma

» **PELOTÃO A MOTOR DE REPULSÃO:** Formados por quatro esquadrões a motor de repulsão, em geral usados para intimidar o inimigo e tentar desfazer suas formações de linhas de frente.

» **PELOTÃO DE ARMAMENTO PESADO A MOTOR DE REPULSÃO:** Quatro esquadrões de armamento pesado a motor de repulsão que, combinados, criam um pelotão ideal para romper linhas de infantaria.

» **PELOTÃO BLINDADO:** Consiste de quatro andadores de grande porte, como os AT-ATs, ou oito tanques a motor de repulsão. Cada pelotão é acompanhado de dois veículos de transporte pesados que têm funções de reparo e de reabastecimento.

» **PELOTÃO DE MISSÕES ESPECIAIS:** Este pelotão tem uma configuração que se baseia nas necessidades da missão. Tipicamente, pode contar com dois esquadrões de atiradores de elite, um de engenharia e um de armamento pesado.

» **PELOTÃO DE RECONHECIMENTO:** Combinação de dois esquadrões de reconhecimento e dois de linha, especializado em missões de reconhecimento, embora, em situações onde haja bloqueio de sinal nos comunicadores, seja usado como mensageiro.

COMPANHIA

ESTRUTURA: Quatro pelotões
POSTO DO COMANDANTE: Capitão
CAPAZ DE: Capturar uma cidade

Uma companhia é grande o bastante para requisitar os serviços do pessoal de apoio, incluindo os que são designados para os campos logístico, médico e técnico. As companhias do Exército também empregam muitos droides com função militar para reabastecer as tropas no campo de batalha e para realizar funções administrativas nos postos de comando.

» **COMPANHIA DE LINHA:** A companhia-padrão de infantaria frequentemente conta com o acréscimo de um ou mais pelotões de armamento pesado.

» **COMPANHIA DE ASSALTO/COMPANHIA DE ARMAMENTO PESADO:** Dois pelotões de assalto e dois pelotões de linha se unem para formar esta unidade de superfície polivalente.

» **COMPANHIA DE RECONHECIMENTO:** Um grupo coeso que consiste de quatro pelotões de reconhecimento e suas speeder bikes.

» **COMPANHIA A MOTOR DE REPULSÃO:** Essa unidade especial de viatura blindada de infantaria é formada por dois pelotões de linha e dois pelotões a motor de repulsão. Os veículos com repulsores transportam soldados de infantaria para a zona de combate e fornecem fogo de apoio após o desembarque.

Eu fui atingido em Tiros. Com certeza você não vai querer que esses caras o encontrem. — Wedge

» **COMPANHIA DE LANÇAMENTO:** Capaz de operar de forma independente atrás das linhas inimigas, as companhias de lançamento agem como desbravadores, fazendo reconhecimento de zonas de pouso e de pontos de reabastecimento que serão futuramente usados em invasões de larga escala. É comum que missões de seis semanas durem seis meses para esses criativos especialistas em sobrevivência.

» **COMPANHIA DE ARTILHARIA/BATERIA DE ARTILHARIA:** Consiste de dezesseis peças de artilharia pesada ou de 32 de artilharia leve.

» **COMPANHIA BLINDADA:** Combinando andadores de grande porte e tanques blindados e com repulsores, a companhia blindada forma um rolo compressor de poder. Assumem duas formas devastadoras:

- **COMPANHIA BLINDADA DE ATAQUE:** Três pelotões blindados e um de armamento pesado. Ênfase: Versatilidade

- **COMPANHIA BLINDADA DE RUPTURA:** Quatro pelotões blindados. Ênfase: Destruição

» **COMPANHIA DE MISSÕES ESPECIAIS:** Projetada para operar como força expedicionária, funde três pelotões de operações especiais e um de reconhecimento. Famosa por enfrentar tarefas impossíveis, a companhia de missões especiais usa lanças para identificar o objetivo, além de soldados da força de Missões Especiais para desmantelar o alvo.

BATALHÃO

ESTRUTURA: Quatro companhias
POSTO DO COMANDANTE: Major
CAPAZ DE: Capturar um grande centro urbano

Na atual guerra que travamos contra os insubordinados Rebeldes, é comum ver batalhões com a função de repressão planetária. Além das companhias-padrão e das especializadas, há pessoal de segurança nos batalhões, para manutenção da ordem nas fileiras.

» **BATALHÃO DE LINHA**: Formado por três companhias de linha e uma de armamento pesado.

» **BATALHÃO DE ASSALTO**: União de duas companhias de armamento pesado (uma companhia a motor de repulsão e uma companhia de linha), tem como funções atacar violentamente as fortalezas inimigas e abrir brechas em suas defesas.

» **BATALHÃO A MOTOR DE REPULSÃO**: Três companhias a motor de repulsão e uma de reconhecimento se unem para gerar grande mobilidade.

» **BATALHÃO DE ARTILHARIA**: Ao unir uma companhia de armamento pesado e três baterias de artilharia, os soldados de armamento pesado podem se posicionar perto das peças de artilharia para protegê-las enquanto disparam.

» **BATALHÃO BLINDADO**: Uma companhia blindada de ruptura, duas blindadas de ataque e uma a motor de repulsão formam um arranjo versátil e de grande mobilidade conhecido por sobreviver a todas as adversidades.

» **BATALHÃO DE MISSÕES ESPECIAIS**: Quatro companhias de missões especiais formam um batalhão dessa categoria. Trata-se da maior configuração de forças de missões especiais do Exército Imperial.

Um Regimento Imperial de Assalto garante a neutralização de um planeta.

REGIMENTO

ESTRUTURA: Quatro batalhões
POSTO DO COMANDANTE: Tenente-Coronel
CAPAZ DE: Capturar uma região territorial

O regimento é uma formidável formação do Exército que requer apoio e reabastecimento amplos. A sede de um regimento é equipada com sua própria oficina, que produz peças sobressalentes para andadores, além de componentes adicionais.

» **REGIMENTO DE LINHA:** Um batalhão de assalto, outro a motor de repulsão e dois de linha formam uma configuração-padrão, considerada apropriada para uma ocupação a longo prazo da região de um planeta.

» **REGIMENTO DE ASSALTO:** Dois batalhões de assalto, um de linha e um blindado constituem um regimento de assalto. Do Núcleo à Orla, pouca coisa fica em seu caminho.

» **REGIMENTO A MOTOR DE REPULSÃO:** Ágil e de ação rápida, este regimento é formado por três batalhões a motor de repulsão e um blindado.

» **REGIMENTO DE ARTILHARIA:** Geralmente composto de três batalhões de artilharia e um de assalto, aos quais se somam uma companhia de reconhecimento. Como a Aliança Rebelde abandona suas fortificações e se esconde nas sombras, o Exército Imperial tem sido forçado a reduzir sua dependência da artilharia.

» **REGIMENTO BLINDADO:** Poucas regiões são capazes de suportar essa combinação impactante de batalhões blindados e batalhões a motor de repulsão. O 112º Regimento Blindado a Motor de Repulsão, mais conhecido como

INFELIZMENTE, EM SE TRATANDO DE REGIMENTOS, NA MAIOR PARTE DOS MUNDOS A ALIANÇA NÃO TEM FORÇA SUFICIENTE EM SUAS TROPAS PARA TRAVAR BATALHAS EM CAMPO ABERTO. —RIEEKAN

"Martelos do Inferno", é um famoso exemplo de regimento blindado de vanguarda.

GRUPO DE BATALHA

ESTRUTURA: Quatro regimentos
POSTO DO COMANDANTE: Coronel
CAPAZ DE: Capturar um continente

É impossível deter um grupo de batalha Imperial. No holomapa tático, os comandantes podem observar o indicador visual de um grupo de batalha se espalhar pelo terreno como sangue derramado, mudando o azul que indica o território em disputa pelo vermelho da vitória Imperial. Coordenar grupos de batalha é uma atividade fundamental, caso o comandante queira dar cabo de diversos pontos de conflito no planeta em disputa.

» **GRUPO DE BATALHA DE LINHA:** Em geral, sua configuração conta com três regimentos de linha e um de assalto.

» **GRUPO DE BATALHA DE ASSALTO/REFORÇADO:** Composto de dois regimentos de linha, um de assalto e um blindado, esse grupo conta com uma mescla de especializações para diversos ambientes planetários. O 1º Grupo de Batalha Reforçado Tapani cumpriu seu papel com distinção, alcançando vitórias para o Império durante a Debandada de Spuma e a Humilhação de Barkhesh.

NÃO É BEM ASSIM COMO EU ME LEMBRO. O PRIMEIRO TAPANI BATEU EM RETIRADA DE BARKHESH APÓS PERDER UM QUINTO DE SEUS SOLDADOS DURANTE UMA CHUVA ÁCIDA. —RIEEKAN

» **GRUPO DE BATALHA BLINDADO:** Composto de quatro regimentos blindados, esse grupo é inigualável no que diz respeito a explodir pontos de resistência concentrados.

» **GRUPO DE BATALHA MÓVEL:** Três regimentos a motor de repulsão e um de linha criam uma forma ágil de mobilizar viaturas blindadas da infantaria.

Um grupo de batalha é um enorme dispêndio de recursos Imperiais. Use-o com sabedoria.

CAMINHOS PARA A VITÓRIA: USANDO AS FORÇAS NATIVAS EM BENEFÍCIO PRÓPRIO

Por General Rom Mohc

Considere, por gentileza, a Guarda Nova de Ailon. Eles são lutadores ferozes e altamente disciplinados, e, pela minha experiência, essa última qualidade é rara entre os não Humanos. Tendo em vista que o nosso Imperador achou por bem ceder aos caprichos dos Ailons ao participar de seus desfiles e celebrações militares, eles desenvolveram uma adoração pelo Imperador e por seu exército. Então, os bilhões de guerreiros que compõem a Guarda Nova de Ailon correrão cegamente de encontro a situações de combate impossíveis de serem vencidas, caso o comandante Imperial dê a ordem.

Eu usei a Guarda Nova como ativo descartável em diversas ocasiões. A análise tática de suas mortes gera informações em tempo real do poder de fogo e da localização das armas inimigas. Esses dados permitem que as forças Imperiais alcancem um objetivo com uma quantidade mínima de perdas de vida.

Se a Guarda Nova de Ailon for bem-sucedida (o que de fato ocorreu durante o Cataclismo de Slession), pode-se preservar esses ativos para a próxima missão.

Espantosamente insensível. Vamos estender a mão da Aliança ao povo de Ailon. —Leia

Talvez seja pouco reconfortante, mas o General Mohc já foi neutralizado. —Mothma

Guarda Nova de Ailon

CORPO

ESTRUTURA: Quatro grupos de batalha
POSTO DO COMANDANTE: General de Divisão
CAPAZ DE: Capturar um planeta

No nível de corpo, os comandantes podem esperar por um aumento do volume de informações vindas dos agentes da Inteligência Imperial e dos conselheiros políticos do Imperador. Sua sede é um agitado complexo que conta com uma instalação de produção automatizada. A configuração ou o tipo de corpo depende do ambiente planetário, de sua população ou de seu nível de hostilidade.

» **CORPO DE LINHA:** Configuração-padrão de três grupos de batalha de linha e um de batalha reforçado.

» **CORPO ATRÍSIO:** Nomeado em homenagem aos antigos guerreiros atrísios da Dinastia Kitel Phard. É composto de dois grupos de batalha reforçados, um de batalha de linha e um de batalha blindado.

» **CORPO BLINDADO:** De grande poderio ofensivo, o corpo blindado se refere a três grupos de batalha blindados e um de batalha móvel.

» **CORPO MÓVEL:** Imagem espelhada de um corpo blindado, o corpo móvel dá ênfase à velocidade, contando com três grupos de batalha móveis e um de batalha blindado.

Conforme avança em uma cidade inimiga, um corpo blindado Imperial deixa destroços pelo caminho.

EXÉRCITO

ESTRUTURA: Quatro corpos
POSTO DO COMANDANTE: General
CAPAZ DE: Capturar um sistema

Composto de quatro corpos, um exército é considerado a unidade mínima para manter o controle sobre um sistema planetário.

» **EXÉRCITO DE SISTEMA:** Composto de um a três exércitos e seus elementos de apoio, um exército de sistema pode ser enviado para um ou mais sistemas estelares.

» **EXÉRCITO DE SETOR:** Diversos exércitos de sistema operando em um setor estelar recebem o nome de exército de setor. Em virtude de complicações políticas da administração de setores, às vezes responde às decisões do Moff local.

TÁTICAS DE GUERRILHA NÃO SERÃO SUFICIENTES PARA DESALOJAR O EXÉRCITO IMPERIAL DOS SISTEMAS DO NÚCLEO. -RIEEKAN

Distinções Organizacionais Importantes do Exército Imperial

» **COMANDO DO EXÉRCITO:** Generais experientes que supervisionam todos os aspectos do Exército Imperial e se reportam ao Alto-Comando Militar

» **DIVISÃO BLINDADA DE ASSALTO:** Engloba todas as viaturas de guerra mecanizadas, incluindo andadores, veículos com motor de repulsão e tanques

» **DIVISÃO MARÍTIMA IMPERIAL:** Opera em oceanos, rios e hidrovias usando veículos aquáticos especializados, como destróieres, submersíveis e jet skis anfíbios

» **NAVE DE SUPORTE A TERRA:** Nave de batalha com função de apoio, como os caças estelares TIE com base em guarnições e que não são operados pela Marinha Imperial

VEÍCULOS DO EXÉRCITO IMPERIAL

Por Coronel Maximilian Veers

ANDADORES IMPERIAIS

A Horda Trovejante. A Debandada Dominadora. Os Banthas Negros. No Exército Imperial, a infantaria mecanizada e blindada surge com o som de pés pisoteando. Esmagamos os inimigos do Império. Estes são os nossos andadores. Entenda-os e respeite-os.

Os andadores têm vantagens em comparação com os veículos a motor de repulsão e com banda de rolagem, o que fica claro por sua designação AT (all terrain — "todo terreno"). Eles podem reagir à mudança de condições de superfície e alternar a passada da mesma forma que um soldado. Ainda assim, permanecem firmemente conectados ao chão para suportar o recuo de seu próprio armamento pesado e podem operar livremente quando as condições atmosféricas impedem que motores de repulsão funcionem — como é o caso em Jabiim ou Drongar. Os andadores são imunes às interferências causadas por aparelhos antirrepulsores.

Mas não a minas explosivas. Não vão longe com um dos pés arrancados. – MADINE

No entanto, nem todo andador é apropriado para qualquer ambiente, e o Exército Imperial não se contenta com o menor denominador comum. Nossas variantes cobrem qualquer necessidade possível.

ANDADORES: ASSALTO BLINDADO

Transporte Blindado Para Todo Terreno (All Terrain Armored Transport — AT-AT)

Orgulho da Divisão Blindada de Assalto Imperial, o quadrúpede AT-AT mede 22,5 metros e é considerado um símbolo de intenso poder. Ele tem um efeito potente sobre os primitivos da Orla, que o veem como uma besta colossal, assim como os cidadãos influenciados por propaganda a acreditar que a aparição de um AT-AT significa que tudo está perdido.

Desestabilização psicológica. A Aliança não pode usar estes veículos. Nós representamos a esperança, e não o medo. – Mothma

Um comandante deve lembrar que, além de sua função simbólica, os AT-ATs transportam tropas e não contam com armamento tão pesado quanto os outros andadores do Exército Imperial. Dois pesados canhões de laser guarnecem a parte frontal enquanto duas blasters médias de repetição e elevação variável estão instaladas em cada lado da cabeça. Os AT-ATs não possuem armamentos na parte traseira. Para compensar os pontos cegos, eles precisam ficar em formações escalonadas, acompanhadas de veículos de apoio.

O AT-AT transporta até quarenta soldados e cinco speeder bikes, assim como pesado armamento modular

Os Rebeldes são como ratos: escondem-se sob os nossos pés e aguardam a hora da mordida. No campo de batalha, destrua focos de resistência com as armas frontais do AT-AT.

para ser montado no local do combate. Os soldados desembarcam fazendo rapel até a superfície.

A cabine de comando fica dentro da cabeça do AT-AT e conta com três tripulantes: um piloto, um artilheiro e um comandante. O AT-AT pode alcançar até 60km/h, e cada passo seu ecoa com um tremor que é sentido muito antes de o andador ser avistado.

As guarnições planetárias alteram seus AT-ATs para que se adequem ao ambiente local, acrescentando filtros de gás, recirculadores térmicos e polimento anticorrosivo. Modificações extremas feitas pela guarnição em Kabaira resultaram no chamado AT-AT Nadador, projeto que tempos depois foi aperfeiçoado como Transporte Blindado para Terreno Aquático (Aquatic Terrain Armored Transport).

ATUALMENTE, OS AT-ATS NADADORES ESTÃO BLOQUEANDO NOSSOS AVANÇOS EM KAAL. A RECOMENDAÇÃO É IMPORTAR SUBMARINOS DE ATAQUE DE MON CALA. — RIEEKAN

RELATÓRIO:

COMO ENTENDER E SE PREPARAR PARA A EXPLORAÇÃO DAS VULNERABILIDADES DO AT-AT PELO INIMIGO

Por Capitão Nyrox, Academia Raithal

O AT-AT é o cavalo de batalha do Exército Imperial. Oferece um ótimo equilíbrio entre poder de fogo, proteção e mobilidade. No entanto, o método pelo qual obtém mobilidade — suas pernas — o deixa vulnerável, caso o comandante de um AT-AT não esteja preparado para vetores de ataque específicos.

◊ O centro de gravidade alto pode levar a tropeços. Os AT-ATs não recuperam a passada com facilidade. Um terreno desnivelado pode desequilibrá-lo.

◊ Danos às articulações dos joelhos podem causar perda de mobilidade. Por serem a ligação flexível de dois componentes, as articulações de um andador são menos confiáveis do que as outras partes da perna.

◊ Uma perfuração na seção flexível do pescoço pode causar violação no reator. Embora improvável, o cenário tem potencial para ser uma catástrofe.

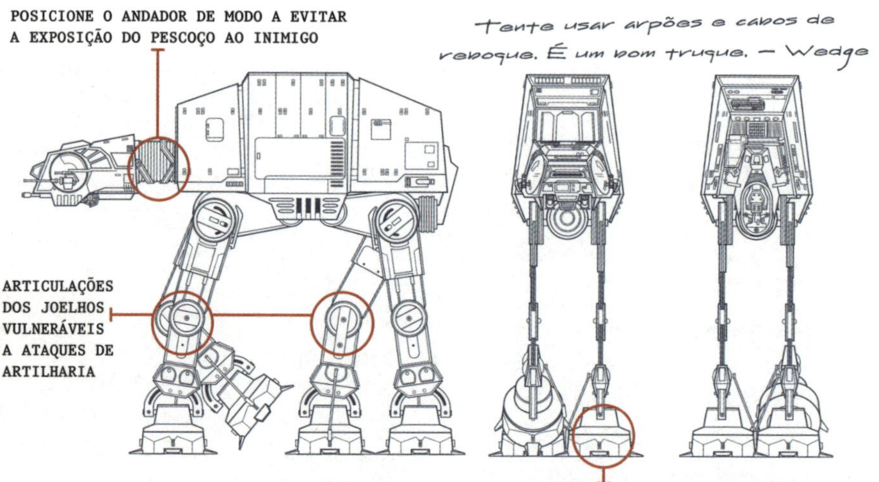

Executor Tático Para Todo Terreno (All Terrain Tactical Enforcer — AT-TE)

Na qualidade de primeiro andador a participar de combates extensivos nas condições modernas dos campos de batalha, o AT-TE fez inúmeros mundos agirem de forma comportada durante as Guerras Clônicas. Essencialmente, o AT-TE é um precursor do esquadrão atual de andadores do Exército Imperial, e é tão bem-construído que muitos continuam na ativa por toda a Orla Média e Exterior.

Veículo de assalto e de transporte ao mesmo tempo, o AT-TE pode desembarcar seus vinte soldados de uma rampa na traseira. É operado por sete tripulantes: um piloto, um observador, quatro artilheiros e um canhoneiro. Situado na parte superior da máquina, seu canhão propulsor de massa pode disparar cargas explosivas capazes de destruir bunkers, mas seu regime de tiro é lento. As laterais do AT-TE contam com seis canhões de laser menores, cada um posicionado de forma que os artilheiros do andador sejam capazes de alvejar a infantaria inimiga e impedir seu avanço.

Há uma gangue Weequay no porto espacial de Sriluur que conseguiu um desses e começou a usá-lo para extorquir pagamentos de viajantes espaciais. Chewie e eu destruímos suas pernas traseiras com um míssil de concussão. — Han

As seis pernas e o centro de gravidade baixo dão ao AT-TE estabilidade e lhe permitem alcançar os 60km/h. Apoios magnetizados para os pés o permitem fazer escaladas verticais ou, em ambientes extraplanetários, se pendurar em superfícies de asteroides e em cascos de naves. Em mundos da Orla, os AT-TEs são usados como veículos de patrulha, camuflados conforme o local e modificados com holofotes, moedores de vegetação rasteira e lança-chamas.

ANDADORES: CAVALARIA PESADA

Transporte de Exploração para Todo Terreno (All Terrain Scout Transport — AT-ST)

O andador de exploração bípede é uma unidade ágil, com blindagem leve, operada por dois tripulantes. Mede 8,6 metros de altura e pode atingir os 90km/h. Sua capacidade de manobra e sua velocidade fazem dele o andador ideal para regiões urbanas estreitas.

O AT-ST tem um canhão de blaster duplo em sua extremidade frontal, assim como um lança-granadas de concussão e um canhão de blaster equipado em sua cabeça. Essas armas lhe permitem alvejar veículos blindados. Seus pés possuem garras de dura-aço salientes, que servem para cortar barricadas inimigas. O AT-ST conta ainda com um sistema giroscópico de equilíbrio que o ajuda a manter a passada.

Atire um míssil atrás dos visores da janela angulada, e a cabine explodirá como um ovo. —Leia

Como ela sabe disso?! —Han

Entre seus derivados estão o Transporte de Construção (All Terrain

O LANÇA-MÍSSEIS DO AT-PT É DEVASTADOR CONTRA A INFANTARIA.

Construction Transport — AT-CT), que possui feixes repulsores para suspender objetos, e a Plataforma de Mísseis (All Terrain Missile Platform — AT-MP), que exibe diversos lança-mísseis e um canhão automático rotativo.

Transporte Pessoal para Todo Terreno (All Terrain Personal Transport — AT-PT)

Veículo operado por um único soldado, transformando-o em uma plataforma blindada e de armas elevadas. Acrescenta poder de fogo para uma formação-padrão de infantaria.

Com 3 metros de altura, um AT-PT pode atingir 60km/h. Não é comum usá-lo para reconhecimento ou para atacar e fugir. Sua blindagem aguenta o fogo de armas de menor porte, mas não o ímpeto de armamentos antiveículo. Em geral, os AT-PTs apoiam a infantaria. Nunca se deve esperar que tomem uma fortaleza sozinhos.

Contra soldados inimigos ou civis revoltosos, um AT-PT pode causar danos impressionantes por ser equipado com canhões de blaster duplos e um lança-granadas de concussão, perfeitos para triturar formações bem-comprimidas.

Transporte de Reconhecimento para Todo Terreno (All Terrain Recon Transport — AT-RT)

O AT-RT é um veículo bípede e pilotado por apenas um tripulante usado para reconhecimento, usado para pequenos ataques e para patrulhar. Embora esteja em uso desde as Guerras Clônicas, muitas unidades de reconhecimento famosas ainda preferem usar AT-RTs em detrimento

O AT-RT É CAPAZ DE SALTAR GRANDES VÃOS E BARREIRAS.

da speeder bike 74-Z, como o Esquadrão Relâmpago, do 91º Corpo de Reconhecimento Móvel.

Com 3,2 metros de altura, o AT-RT pode alcançar 90km/h e é capaz de saltar grandes distâncias. Embora seu projeto de cabine aberta exponha o piloto ao fogo hostil, trata-se de uma contraparte necessária para sua leveza e mobilidade. Possui um canhão de blaster de repetição que é efetivo contra a infantaria, além de um lança-morteiro para ataques de longa distância a bases inimigas.

Pod de Defesa para Todo Terreno (All Terrain Defense Pod — AT-DP)

Esta variação do AT-ST tem a cabeça rebaixada e armamento pesado: um canhão de laser montado na extremidade frontal. As bolhas que ladeiam a cabine têm fendas estreitas que permitem aos membros da tripulação atirar em ameaças vindas pelos flancos. É usado como veículo de polícia nos mundos de provável agitação rebelde.

ANDADORES: ARTILHARIA

Antiaéreo para Todo Terreno (All Terrain Anti-Aircraft — AT-AA)

Sempre apontando para o céu, o quadrúpede AT-AA é inestimável ao dar cobertura contra investidas aéreas, que, do contrário, poderiam dizimar uma formação de infantaria. O AT-AA é operado por um piloto e dois artilheiros. Seu lança-foguete possui 360 graus de rotação para localizar alvos no céu e derrubá-los com metralhas de estilhaço e mísseis teleguiados.

O AT-AA é especialmente mortal diante de airspeeders que voem baixo, como os T-47s, muito usados pela Aliança Rebelde. Mas o andador não tem armas antipessoais. Nos casos em que se viu sozinho contra o avanço de tropas inimigas, seus tripulantes usaram fuzis pelas escotilhas.

O AT-DP É MAIS BEM-USADO EM MISSÕES DE PATRULHA E POLICIAMENTO.

O SPHA-T NÃO É RÁPIDO. SE VOCÊ FOR FORÇADO A BATER EM RETIRADA, TALVEZ O INIMIGO DEVASTE SUA LINHA DE ARTILHARIA.

Artilharia Pesada Automotriz (Self-Propelled Heavy Artillery — SPHA)

O SPHA é um veículo de artilharia grande e lento. Embora bombardeie alvos a longa distância, ele deve permanecer estacionário. Por isso, suas doze pernas só são usadas para transportá-lo de uma posição de tiro a outra. É operado por trinta tripulantes, contando os soldados que protegem o perímetro contra ataques inimigos durante os disparos ou o vulnerável processo de deslocamento.

O SPHA é modular, o que significa que pode trocar sua arma principal por um armamento especializado. Entre as variantes comuns na ativa do serviço Imperial estão:

» **TURBOLASER (SPHA-T)**: Um canhão de turbolaser para linha de visada, que produz um único feixe destrutivo formado por diversos feixes menores

» **CANHÃO DE ÍON (SPHA-I)**: Um canhão de íons para linha de visada, utilizado para confundir os sistemas eletrônicos de veículos e airspeeders

» **MÍSSIL DE CONCUSSÃO (SPHA-C)**: Um lança-mísseis em grande angulação parabólica

» **CANHÃO PROPULSOR DE MASSA (SPHA-PM)**: Condutor de massa que lança um projétil em grande angulação parabólica, emitindo intensa energia cinética no ponto de impacto

» **ARREBENTAMENTO TERMOBÁRICO (SPHA-F)**: Um lançador de grande angulação parabólica que descarrega um projétil inflamável na atmosfera circundante a partir do ponto de impacto e gera uma breve, porém apocalíptica, tempestade de fogo

Não me importa se é um arrebentamento termobárico ou um superlaser. Táticas militares que atingem de forma indiscriminada são indefensáveis. —Leia

UNIDADES IMPERIAIS MECANIZADAS E A MOTOR DE REPULSÃO

Em termos de veículos terrestres, as cavalarias blindada e pesada não se limitam aos andadores. Unidades com banda de rolagem, rodas e motor de repulsão preenchem parte dos papéis da linha de frente, do fogo direto ao reconhecimento. Veículos capazes de transportar soldados até os locais de batalha servem como infantaria mecanizada, proporcionando apoio de fogo. É comum ver unidades leves a motor de repulsão, como as speeder bikes, sendo usadas em auxílio às forças expedicionárias.

MECANIZADA: VEÍCULO BLINDADO DE ASSALTO HAVw A6 Juggernaut

Este tanque turbo nasceu no auge das Guerras Clônicas. Ao contrário dos andadores ou dos tanques a motor de repulsão, o Juggernaut possui rodas e pode transportar até trezentos soldados. Com 30 metros de altura e 50 de comprimento, é um grande alvo. No entanto, com uma pesada torre de canhão de laser, um rápido canhão de laser de repetição, quatro canhões médios antipessoais e duas torres com lança-mísseis de concussão, é equipado para reagir a ameaças.

O Juggernaut é revestido por um casco extraordinariamente grosso feito de blindagem de dura-aço ablativa térmica. Seu peso e tamanho podem lhe causar problemas em certos terrenos, mas em superfícies niveladas alcança até 160km/h. Seu movimento lateral limitado e seu grande raio de giro o tornam mais apropriado para assaltos em linha reta contra barricadas inimigas.

Um único Juggernaut é capaz de funcionar como um centro móvel inatacável, a não ser que quebre. Ainda bem que isso acontece o tempo todo. — MADINE

Embora o Juggernaut suporte intenso fogo inimigo no casco principal, a torre de observação no topo do veículo representa um alvo óbvio. O soldado atribuído à função de observação deve estar preparado para atrair fogo inimigo. Essa prática foi apelidada de "acender o farol".

Tanque a motor de repulsão 1-H classe Imperial

O pilar do Exército Imperial desde sua origem é o veículo característico do 112º Regimento Blindado a Motor de Repulsão, ou os Martelos do Inferno. O tanque 1-H exibe um pesado canhão de laser em seu formato-padrão, bem como um canhão de blaster médio. Outros dois canhões de blaster equipados nas laterais aumentam ainda mais o que já é um poder de fogo formidável. Atente para o fato de que a interferência atmosférica, ou a causada por aparelhos, pode deixar o tanque imóvel.

A ALIANÇA NÃO TEM RECURSOS PARA DISPOR DE APARELHOS QUE CAUSEM INTERFERÊNCIA. NA VERDADE, FICO SURPRESO PELO FATO DE O IMPÉRIO NÃO USÁ-LOS REGULARMENTE CONTRA NÓS. — RIEEKAN

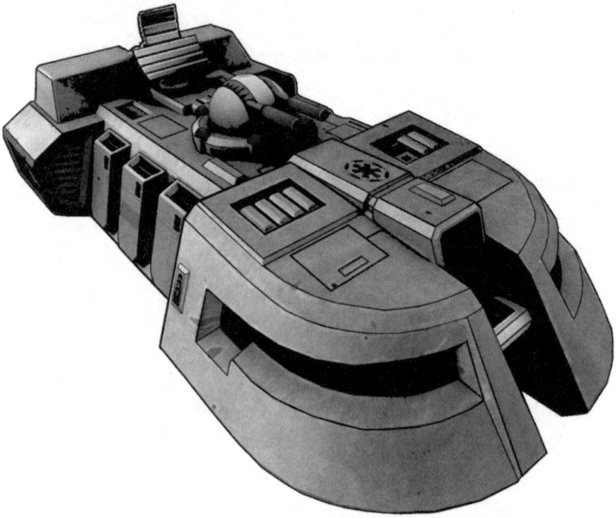

O TRANSPORTE DE TROPA É UM BLINDADO CAPAZ DE ALCANÇAR ALTAS VELOCIDADES. NÃO PENSE DUAS VEZES ANTES DE JOGÁ-LO CONTRA UMA POSIÇÃO INIMIGA.

Transporte de tropa Imperial

Este speeder blindado é o esteio de qualquer ocupação planetária. Requer ao menos três tripulantes — um motorista, um artilheiro voltado para a frente e outro na torre — e pode transportar dez soldados com conforto. Em casos de emboscada, é capaz de reagir com seus dois canhões de laser voltados para a frente e sua torre com um par de blasters, enquanto seis cápsulas de alojamento ao ar livre (três de cada lado) fornecem cobertura aos soldados, que abrem fogo de volta com seus fuzis de blaster. Qualquer rebelde porventura capturado fica preso em um toldo de imobilização e ali permanece até ser levado para a guarnição Imperial mais próxima.

MECANIZADA: CAVALARIAS PESADA E LEVE

Tanque Century

Embora a Marinha se vanglorie de seus caças TIE, os tanques TIEs do Exército são superiores. O Century, comumente chamado de Tanque TIE, é um veículo de assalto compacto movido por um par de bandas de rolamento e operado por um motorista, podendo alcançar 90km/h e geralmente usado como fogo auxiliar para a infantaria. É equipado com um par de canhões de blaster médios na cabine frontal e um turbolaser leve retrátil na parte inferior. O Century é o orgulho do 71º Grupo de Elite Mecanizado de Assalto.

Um motor e uma hélice de turbina para direção. Nem eu gosto de operar essas coisas, e olha que dizem que sou um bom piloto. — Wedge

Os componentes do veículo são modulares; então, além de manter baixos custos, isso permite que o comandante aloque diversos tanques de uma só vez. As partes vêm da Santhe/Sienar Technologies, motivo pelo qual ostentam a familiar cabine arredondada do caça TIE.

74-Z Speeder Bike

O 74-Z é o principal veículo a motor de repulsão usado pelos exploradores Imperiais. Leve e facilmente manobrável, o 74-Z conta apenas com o básico para obter mais velocidade. E, para diminuir o peso, vem somente com um canhão de blaster voltado para a frente e equipado no chassi.

Com controles simples e estrutura minimalista, o motor de repulsão pode passar dos 500km/h. Nessa velocidade, diz-se que o 74-Z é "perigoso em qualquer atmosfera" e uma "armadilha mortal". No entanto, os sensores de terreno do 74-Z se conectam ao monitor interno do capacete do piloto, dando-lhe visão perfeita do que está à frente e derrubando rumores difamatórios.

Speeder BARC

Confiável mesmo após décadas de uso, o Comando Avançado de Reconhecimento por Bikers (Biker Advanced Recon Commando — BARC) foi produzido aos milhões durante as Guerras Clônicas, para funções militares e policiais. Depois, o Exército Imperial passou a usar o veículo em missões de reconhecimento e missões rápidas conduzidas por seus pilotos. Até hoje, muitas unidades operam com BARCs, apesar da pressão institucional para que se adote a 74-Z, mais ágil.

A vantagem da BARC, e o motivo por que encontrou espaço em tantas forças policiais planetárias, é que ela raramente precisa de manutenção e parece nunca se danificar. Equipada com motor de turbina, dois canhões de blaster no nariz e outros dois na traseira, a BARC é tão bem-armada quanto rápida, e a maioria de seus pilotos a conduz a uma média de 400km/h.

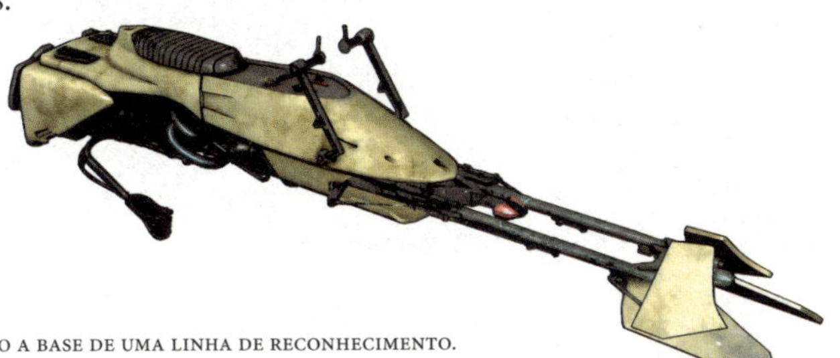

Speeder bikes são a base de uma linha de reconhecimento.

GUARNIÇÕES IMPERIAIS

Campanhas mais longas ou uma ocupação planetária demandam uma base de operações.

Um comandante do Exército Imperial pode atingir o nível máximo de impacto psicológico ao transformar uma venerada estrutura política ou religiosa na sede do poder imperial, mas talvez essa estrutura não possa ser otimizada para defesa. A guarnição Imperial pré-fabricada resolve esse problema.

O contrato de fabricação de guarnições Imperiais foi vencido pela Rothana Heavy Engineering. As páginas a seguir apresentam instruções oficiais da companhia acerca do projeto e suas especificações.

A guarnição Imperial é elevada para possibilitar a observação, aumentando a capacidade de defesa com seu ângulo. Um símbolo que mostra à população revoltosa que o Império não sairá dali.

GUARNIÇÃO MODULAR IM-455: O DEFENSOR DA PAZ

"A pacificação deles é a sua segurança"

Saudações! No papel de comandante de uma guarnição modular IM-455, você detém uma fortaleza inexpugnável, símbolo do poder Imperial.

FORMATO

O IM-455 segue uma configuração estrutural consistente.

- **Níveis 1-5:** Compartimentos para veículos (espaçosos o bastante para acomodar AT-ATs), alojamento para as tropas, uma bloco de detenção, um arsenal, uma ala médica e um centro de recreação (recentemente, por demanda popular, adicionamos uma quadra de scoopball)
- **Nível 6:** Alojamentos dos oficiais e dos pilotos, estações de monitoramento e quartéis-generais do comando
- **Nível 7:** Hangares dos caças estelares TIE
- **Nível 8:** Calha de descarga para os caças TIE e salas de controle para os tripulantes de terra dos caças
- **Terraço:** Torre de sensor, equipada com um sistema de hipercomunicação e com a combinação patenteada de sensores termoinfraectomultivariados

NOTA: O reator principal fica seguramente enterrado no solo

Chewie e eu entramos nessas coisas mais de uma vez. Madine: mande-me novos recrutas para que eles aprendam como se faz. -Han

Solo... Se eu quisesse ficção teria pegado um holothriller emprestado. – MADINE

PESSOAL E EQUIPAMENTO

O IM-455 pode abrigar:

- Até 3 mil tropas e equipe de apoio, flexível para as necessidades de sua missão. Equipado para acomodar técnicos, médicos, artilheiros, soldados, pilotos de AT-AT, mecânicos e oficiais.
- 10 AT-ATs.
- 10 AT-STs.
- 50-100 speeder bikes e landspeeders.
- 36-40 caças estelares TIE (três esquadrões).

DEFESAS E ARMAMENTO

O IM-455 vem completo com:

- 3 pares de turbolasers equipados em torres para cobertura máxima de campo de tiro.
- 6 torres de laser pesado.
- 6 projetores de raios tratores.
- 2 geradores de pulso eletromagnético direcionais.
- 48 canhões de blaster anti-infantaria.
- Um gerador variável, que projeta escudo por meio de raio ou de partículas, para suportar o bombardeio orbital ou a artilharia inimiga.
- Cerca farpada e letalmente eletrificada de perímetro total (10 metros).
- Torres de guarda a cada 100 metros equipadas com holofotes e alarmes de emergência.
- 720 minas antipessoais HX7, para serem dispostas ao redor do perímetro da guarnição após sua instalação.

Isso me faz lembrar o cheiro de cabelo chamuscado de Wookiee. Risco ocupacional na minha linha de trabalho. — Han

NOTA: São falsos os rumores de que, recentemente, um único caçador de recompensa invadiu uma guarnição Imperial. Ainda assim, caso esteja interessado em adquirir nossa última atualização de defesa (XZD-001: MEDIDAS DEFENSIVAS FETT), por favor, contate seu representante da Rothana.

GUARNIÇÃO PROJETORA DE ESCUDO IM-8005: A LENTE NÍTIDA

"Segurança que mantém um olho voltado para o céu"

Com o aumento do número de projetos de construções orbitais por parte do Império, a Rothana lançou uma nova linha de guarnições. A IM-8005 projeta um escudo ininterrupto de energia em volta da órbita do local ao mesmo tempo que conta com equipamentos para suprimir rebeliões da mão de obra recrutada.

Todas as especificações estão disponíveis mediante solicitação, mas os elementos principais da IM-8005 são:

- **Bloco de aterrissagem:** Com 20 metros de altura para acomodar os AT-ATs ancorados. Área suficiente para abrigar dois ou três transportadores classe *Lambda.*
- **Guarnição de comando:** Similar ao IM-455, mas dividido em diversas estruturas menores. Em razão de o gerador de escudo consumir muita energia, o reator principal da IM-8005 fica alojado em um bunker blindado.
- **Gerador de escudo:** A característica mais importante da IM-8005 é seu gerador de escudo planetário SLD-26. Seu disco projeta uma esfera de energia a uma distância de até 2.600 km, que envolve seu alvo por completo com raios sobrepostos e escudos de energia. Caso se preocupe com uma potencial sabotagem ao disco focalizador ou a outra de suas partes, um representante da Rothana ficará feliz em conversar sobre opções para melhorar o nível de seus sistemas defensivos.

O Esquadrão Vampiro acabou de retornar de Ootoola. Ao que parece, essas coisas têm um ponto cego ao redor de seus equadores. Raspe uma Hexoestrela. — Wedge

TAMBÉM DISPONÍVEIS PELA ROTHANA:

GUARNIÇÃO ORBITAL IM-S-653: A HEXOESTRELA

Nossa solução mais econômica! A Hexoestrela conta com duas guarnições ligadas pela base e posicionadas em órbita em um local de fácil rastreamento e eliminação de qualquer alvo, na superfície ou no espaço.

GUARNIÇÃO PARA AMBIENTES HOSTIS IM-X-981: A PUREZA

Este modelo de luxo conta com escudo de radiação e câmaras de vácuo para serem usadas no espaço. Não deixe que algo tão previsível quanto a condição meteorológica impeça-o de fazer justiça.

GUARNIÇÃO OCEÂNICA IM-A-761: A PROFUNDEZA

Os motores de repulsão mantêm esse modelo flutuando com estabilidade mesmo diante de grandes ondas. Essa característica agora vem com garantia, após o frenesi que houve na NewsNet a respeito do incidente em Shaum Hii. Um hangar subaquático permite que a IM-A-761 envie sua frota de submarinos a motor de repulsão e seus AT-ATs Nadadores ao combate.

MONTARIAS

No papel de comandante da base, quantas vezes já lhe aconteceu de as péssimas condições encontradas no ambiente local debilitarem seus veículos mecanizados de reconhecimento, obrigando-o a mantê-los parados no conserto por semanas?

Para aliviar suas dores de cabeça, é com prazer que a Rothana oferece a todos os comandantes de base do Império a opção de adquirir montarias apropriadas e animais de carga. Mantenha sua guarnição em funcionamento mesmo nos ambientes mais severos!

DEWBACKS

Estes quadrúpedes escamados são originários de climas desérticos. Embora comam praticamente tudo, eles não cospem. (NOTA: em virtude de sua termofisiologia ectotérmica, não enviamos dewbacks para locais em que a temperatura fique abaixo do ponto de solidificação da água.)

16 mil créditos por um rebanho com seis

TENTAR FAZER UM DEWBACK TEIMOSO SE MEXER É TÃO DESANIMADOR QUANTO REMOVER UMA DUNA DE AREIA COM UMA PÁ. DUVIDO QUE MESMO O IMPÉRIO SEJA CAPAZ DISSO. –LUKE

AIWHAS

Se você possui o orçamento operacional, nós temos a montaria! Suba aos céus com o aiwha, uma criatura voadora por natureza que também pode nadar em águas rasas. Para qualquer mundo com atmosfera respirável, os aiwhas são a montaria perfeita. Faça missões de reconhecimento a 5 mil metros de altura, ou viaje entre dois postos sem deixar rastros ou se preocupar com o terreno.

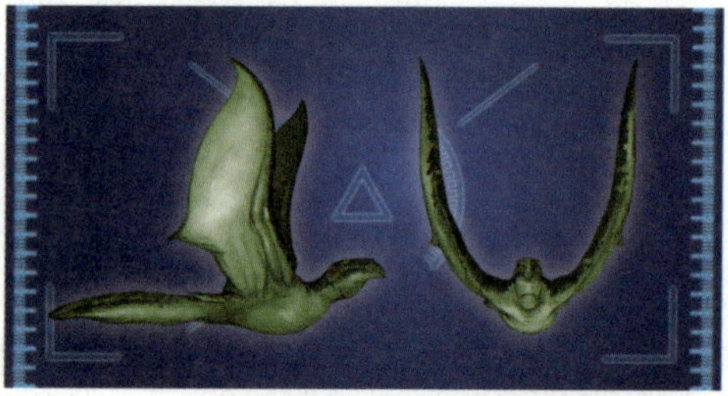

45 mil créditos por unidade (preço inicial). Raças grandes e capazes de transportar carga disponíveis pelo modelo de precificação premium

GELAGRUBS

Besouros de solo gelatinosos, arrancados diretamente das selvas de Felucia, os gelagrubs são lentos e pegajosos, mas mantêm os pés firmes até nos declives mais íngremes. Nossos gelagrubs personalizados e geneticamente atrofiados têm garantia de não entrarem em estado de pupa e se tornarem besouros! Eles se alimentam exclusivamente de cogumelos e similares. Não tem fungos? Sem problema! A Rothana oferece pacotes de alimentos liofilizados especialmente formulados por uma quantia adicional.

Disponíveis apenas sob encomenda especial. Para valores, por favor, contate o seu representante.

BATEDORES CRANIANOS

Esses tranquilos herbívoros mantêm a calma sob fogo e podem transportar cargas pesadas. São corredores natos, capazes de manter uma velocidade constante por horas – ainda assim, são supersilenciosos. Perfeito para fazer reconhecimento de uma linha inimiga.

USAMOS BATEDORES NAS BASES DE FANGOL, DANKAYO E NISHR. SÓ POSSO DIZER QUE SÃO MAIS AGRADÁVEIS QUE TAUNTAUNS.
— RIEEKAN

2 mil créditos por cabeça (batedor comum)
5 a 7 mil créditos por cabeça (raças especiais)

BLURRGS

Vindos de um mundo desértico no setor Gaulus, esses resistentes répteis bípedes são bestas confiáveis. Embora um tanto quietos, fazem bastante barulho quando agitados.

12 mil créditos por seis, ou um pacote especial de 20 mil por um rebanho com doze

RELATÓRIO DE MISSÃO: A PACIFICAÇÃO DE SALLINE

A Importância da Unidade de Apoio em Operações de Assalto com Blindados

Por Coronel Maximilian Veers

Chandrila é uma joia dos Mundos do Núcleo, mas tem histórico de facções de dissidentes e traidores. Quando a Aliança Rebelde tomou a cidade portuária de Salline, o Império precisou agir rápido para conter a infestação.

Embora os AT-ATs fossem a escolha natural para veículos de combate principais, ninguém queria repetir o desastre de Ord Torrenze. Lá, um único AT-AT marchou em um denso centro urbano para eliminar um esconderijo, mas rebeldes dispararam das janelas dos prédios após a cabeça do andador (e seus quatro canhões de laser) passar. Embora os AT-ATs sejam construídos para aguentar certa quantidade de tiros de blaster, o veículo acabou por sucumbir ao bombardeio contínuo. A perda custou ao Império três oficiais, quarenta stormtroopers, cinco tripulantes, além de equipamento militar avaliado em 13 milhões de créditos.

Com a responsabilidade de pôr ordem em Salline, requisitei dois AT-ATs (Hammer 6 e Hammer 8) para obter tiro direto e quatro AT-STs para fogo auxiliar. Naves de desembarque do Destróier Estelar *Visconde* nos posicionaram, e nós avançamos no horário de Salline em 0200, enquanto o sol de Chandrila nascia atrás de nós. Os Rebeldes fortificaram o centro do governo na área costeira, mas toda a área central de Salline havia sido considerada uma zona de fogo livre.

Um exagero deplorável. O conselho governante de Salline havia protestado contra a captura de seus cidadãos pela polícia secreta do DSI. O governador Imperial os acusou de traição. O resultado foi esse. —Motti

Mandei o Hammer 6 à frente, seguido pelo Hammer 8 a uma distância de 200 metros. Dois AT-STs acompanharam cada AT-AT para cobrir nossos flancos. Seguimos pela Via Chefe da Guilda, uma avenida larga e de caminho desobstruído até o centro do governo.

O Hammer 6 começou a ser alvejado a aproximadamente 1,2 quilômetro do nosso objetivo. Rebeldes escondidos nos andares superiores de um prédio ao sul da via descarregaram baterias de mísseis contra o Hammer 6 assim que este passou pelo local.

Ao perceber de onde vinha o ataque, ordenei que o Hammer 8 abrisse fogo contra o prédio com seus canhões frontais, explodindo os andares superiores. Os AT-STs que faziam escolta eliminaram os Rebeldes sobreviventes enquanto tentavam fugir da estrutura pelo térreo.

O padrão se repetiu 400 metros à frente. No entanto, desta vez o Hammer 6 foi alvejado no quadril traseiro por um míssil, agravando um problema de manutenção já existente e fazendo com que a articulação se rompesse, o que forçou o andador a arrastar a perna esquerda traseira. Embora isso não seja uma falha tática, ordenei que o Hammer 6 permanecesse na posição e agisse como uma plataforma de peça elevada. O veículo limpou seu gargalo e passou a proporcionar 180 graus de fogo de cobertura.

Levei o Hammer 8 para a liderança, e este foi à frente o restante do percurso até o centro do governo. Após o andador ter aberto um buraco no muro de segurança e adentrado o pátio interno, dei a ordem de rendição pelo alto-falante.

Os vermes fugiram de seus buracos antes mesmo que os stormtroopers alocados no Hammer 8 fizessem rapel até o solo e tomassem o prédio. Diversas embarcações fugiram em alta velocidade partindo das docas próximas e cruzando o oceano. Embora não pudesse persegui-los, contatei a *Visconde*, que requisitou uma esquadrilha de caças TIE. Os TIEs interceptaram os Rebeldes 7 quilômetros ao sul de Salline e explodiram suas embarcações.

PARTE IV

A TROPA DE STORMTROOPERS

Por TX-5532

Os Stormtroopers são o gume da faca.

Somos os primeiros a entrar. Encaramos os inimigos quando eles estão mais fortes. Não paramos até alcançarmos o objetivo. O Exército Imperial percorre o caminho que nós abrimos.

Somos independentes, mas fazemos parte de operações conjuntas com outras divisões do serviço militar. Servimos nas naves de guerra da Marinha e executamos operações de abordagem contra naves hostis. Com o Exército Imperial, tomamos portos e controlamos espaldões de artilharias do inimigo.

A Tropa de Stormtroopers não se importa com ocupações de longo prazo. Somos enviados quando o Imperador requisita nossos serviços e chamados de volta quando ele precisa de nós em outro lugar. Nossa tropa é organizada e sempre está a postos para ser remanejada rapidamente. Operamos em todos os planetas do Império, e, por isso, o capacete branco que vestimos é a face das forças armadas Imperiais.

Quanto mais apertado o capacete, mais burro é o trooper. — Han

Somos stormtroopers, famosos por uma herança de perfeição física e por uma ideologia inabalável. Se somos menores em número quando comparados com as fileiras do Exército e da Marinha, é porque é assim que deve ser. Quanto mais estreita a lâmina, mais afiado o gume.

A Tropa de Stormtroopers depende da força de seus soldados.

HISTÓRIA DA TROPA DE STORMTROOPERS

A Tropa de Stormtroopers é inigualável. Não nos compare com as débeis forças de Segurança Judiciária que existiam nas décadas finais da Velha República. Você deve olhar quase quatro mil anos em direção ao passado, para o tempo dos saltadores de foguetes, para encontrar equivalência em um corpo de elite composto de soldados que realizam o primeiro ataque. Talvez inspirado na glória militar de milênios passados, nosso sábio Imperador autorizou o envio de milhões de clone troopers criados em Kamino para pôr fim à crise Separatista.

Aquelas foram as Guerras Clônicas. Por meio da genética e do treinamento, os clone troopers possuíam uma força de guerra que nenhum droide Separatista poderia igualar. Eles superaram seus pretensos comandantes, os Cavaleiros Jedi. Sob o corrupto sistema político da Velha República, os clone troopers foram forçados a receber ordens de pacifistas que carregavam espadas e que não tinham interesse em passar por estrategistas militares. Quando os Jedi se mostraram como eram de verdade e planejaram o assassinato do Supremo Chanceler Palpatine, foram os clone troopers que silenciaram a revolta Jedi.

Não. Eu estava lá. Talvez Palpatine pense que pode escrever a própria história, mas não pode apagar as minhas memórias. —Mothma

Daqueles grupos de clone troopers veteranos de elite formou-se o núcleo da nova Tropa de Stormtroopers do Imperador. Sob essa orgulhosa bandeira, continuaram combatendo redutos Separatistas e radicais que resistiam à Nova Ordem.

Sim, os clone troopers cumpriram sua tarefa, mas foi o papel para o qual foram criados. Ainda mais notável foi o inchaço em nossas fileiras provocado por jovens patriotas que se engajavam como voluntários para seguir o exemplo. Conforme as forças armadas Imperiais se expandiram, a Tropa de Stormtroopers se diversificou. Em pouco tempo, passamos a contar com snowtroopers, sandtroopers e troopers de reconhecimento, entre outros. Esses bravos homens e mulheres sobreviveram ao nosso severo treinamento e provaram ser merecedores da alcunha de stormtroopers Imperiais. Unidos por uma causa única, por trás de uma máscara em comum, todos os troopers assumem um compromisso.

Eu sou um stormtrooper. Minha pele é minha armadura. Minha face é meu capacete. Meu nome é meu número. Eu me sinto realizado, pois sou um agente do Imperador.

CLONAGEM E RECRUTAMENTO

Por Nala Se,
Controle de Qualidade, Tipoca, Kamino

Clones do Primeiro Gene

Há muita falta de informação. Para esclarecer as coisas para comandantes como você, que pode ser convocado a liderar soldados clonados ou encomendar novos lotes, os geneticistas kaminoanos são os melhores da galáxia. Os clones produzidos para o Grande Exército da República (GER) são praticamente perfeitos. Eles foram criados para a guerra e não vacilaram sob fogo. Os relatos de comportamentos anômalos em Christophsis e em Ringo Vinda não apenas são estatisticamente insignificantes como, muito provavelmente, resultado de adulterações feitas pelos Jedi. Compreende-se o desejo de diversificar o estoque genético, mas não há razão para cancelar pedidos futuros desse modelo específico.

DETALHES DO PRIMEIRO GENE: Modelo Genético

MODELO: Jango Fett

NASCIMENTO: Concord Dawn

MORTE: Geonosis

IDADE NO MOMENTO DA MORTE: padrão de 44 anos

OCUPAÇÃO: Ex-caçador de recompensa

DESCENDENTE GENÉTICO DE DESTAQUE (PRODUZIDO SEPARADAMENTE DOS CLONES DO GER): Boba Fett (unidade A0050)

Recrutamento

Longe de mim criticar a política do Império de acolher cidadãos patriotas nas fileiras da Tropa de Stormtroopers. Esses recrutas "naturais" e mais baratos são suficientes para as necessidades atuais do Império. No entanto, para manter a integridade do programa, é necessário contar com a consistência morfológica ideal dos padrões de clonagem anteriores. Diversificado e não direcionado, o estoque genético humano pode ficar restrito se aderirmos aos modelos rígidos de conformidade. Como bônus para os custos, isso permite uniformes e armaduras intercambiáveis. Se você comandar esses troopers, saiba que eles têm as características físicas mínimas em comparação com clones criados em Kamino.

Atuais níveis de exigência para recrutamento como stormtrooper Imperial:

Adequação genética vs. modelo de clone (genoma humano): 97.5% ou maior

ALTURA: 1,79-1,85m
PESO: 78-85kg
MASSA CORPÓREA/MUSCULAR: Pontuação Scala de 22.x5 ou inferior
INTELIGÊNCIA TÁTICA: Resultado do teste Marrev de 790 ou superior
RECEPTIVIDADE À DOUTRINAÇÃO: No mínimo, Classe C

Ei, parece que eu me qualifico. E Luke ficava se perguntando por que a armadura de stormtrooper dele não cabia... — Han

ACADEMIAS E TREINAMENTO

Os cadetes de elite da Tropa de Stormtroopers fazem seu treinamento na Academia de Carida. Lá, as instalações produzem oficiais superiores para a Tropa. Os que sobrevivem aos anos em Cliffside, no planeta Carida, adquirem o direito de comandar outros stormtroopers.

Em Carida, os candidatos a oficial stormtrooper submetem-se a:

» Sobrevivência na selva
» Simulações de guerra no deserto
» Táticas de batalha subaquáticas
» Teste de armas experimentais
» Instruções sobre história militar em memória flash
» Autodisciplina por meio da supressão de emoções
» Educação nos princípios da Nova Ordem do Imperador

RECRUTAMENTO

As muitas vitórias do Império contra as forças rebeldes inspiraram os cidadãos Imperiais comuns a perguntar como podem servir ao Imperador. Como resultado do que viram nas NewsNets, muitos procuram vestir a armadura branca e polida da Tropa de Stormtroopers.

A entrada de Sunstorm na Academia de Carida

Apenas alguns são bem-sucedidos. A maioria não atende às exigências físicas. Atingir os impiedosos padrões da Tropa de Stormtroopers é questão de honra para aqueles que compõem nossas fileiras, mas os reprovados não precisam se desesperar. O Exército e a Marinha Imperiais também precisam de recrutas.

Os recrutadores Imperiais buscam ativamente aqueles que desejam um carreira no serviço e que estão dispostos a morrer e pela causa. Somos stormtroopers; acreditamos no nosso Imperador.

Recrutadores Imperiais estão sempre à procura de candidatos promissores. Recomendações são bem-vindas.

A Aliança precisa recrutar Carida ou refreá-la como parte do nosso plano de longo prazo para enfraquecer a infraestrutura militar Imperial. _Mot...

PLANO DE PRAZO MUITO LONGO, INFELIZMENTE. RECRUTAR CARIDA ESTÁ FORA DE QUESTÃO. REFREÁ-LA? DIFÍCIL, MAS NÃO IMPOSSÍVEL. NUNCA CONQUISTAREMOS CARIDA — RIEEKAN!

O STORMTROOPER IMPERIAL

A ideologia stormtrooper é de um rigor aterrorizante. Não se pode usar a razão com eles, o que significa que é impossível desprogramá-los. —Leia

O stormtrooper é um guerreiro seleto. Não pode ser subornado ou chantageado. Sua obediência é cega. Ao aplicar a justiça Imperial, ele não titubeia.

Stormtroopers vencem em virtude do treinamento, da uniformidade e da habilidade de gerar enorme poder de fogo. Oferecemos nossas vidas ao Imperador.

ARMADURA STORMTROOPER

A armadura do stormtrooper Imperial tem por base a que foi usada pelos clone troopers na Batalha de Geonosis durante as Guerras Clônicas.

Feitas de um plastoide difusor de energia e resistentes a impacto. Quando montadas, as dezoito peças do traje cobrem o soldado da cabeça aos pés em uma couraça protetora.

Os stormtroopers de menor hierarquia parecem todos iguais para quem não conhece. Um soldado pode identificar seus colegas de esquadra pelo transponder visual identificador que fica em seu capacete. Os cidadãos em geral, bem como nossos inimigos, veem apenas uma face unida e implacável. Quando os inimigos testemunham um stormtrooper cair e ser substituído por uma duplicata, perdem a vontade de lutar.

No entanto, é responsabilidade de um oficial saber quem são os soldados por trás do capacete. Entender a armadura o ajudará a entender o trooper.

1. ROUPA TÉRMICA NEGRA. Esta vestimenta flexível provê isolamento e amortecimento enquanto regula a temperatura corporal durante o esforço. Se um stormtrooper é ferido, ela age como uma luva de compressão para estancar o sangramento. Também mantém a integridade celular caso ocorra um catastrófico vazamento de reator.

2. SEGMENTOS DE PERNA. Há dois por perna: o segmento inferior direito contém células de energia auxiliares; o inferior esquerdo, uma saliência na área do joelho para proteger a articulação exposta quando o trooper atira ajoelhado. Por causa do recrutamento e do rigoroso condicionamento, todos os soldados preferem o lado direito e se ajoelham de forma idêntica.

3. SEÇÃO DO TRONCO. O peitoral proporciona a maior proteção contra estilhaços, projéteis, chamas

Como fazer buracos nos cabeças de lata: entre os pontos fracos dos stormtroopers está a abertura entre o peitoral e a parte que cobre o ombro. Além disso, qualquer aproximação em que você fique no ponto cego da visão periférica do stormtrooper. Os sensores de seus capacetes não são tão bons quanto eles dizem. —Wedge

e corrosivos. Tiros de blaster e outras armas manuais que emitam energia se dissiparão na superfície da armadura feita de plastiaço. No entanto, impactos a curta distância penetrarão. Os controles manuais localizados na parte inferior do tronco permitem que o trooper ajuste a regulação do ambiente da armadura integrada e da roupa térmica.

4. SEGMENTOS DO BRAÇO. São reforçados para deter vibrolâminas durante combates de curto alcance. Com uma modificação opcional, as luvas são capazes de emitir choques atordoantes.

5. CAPACETE. Feito do mesmo composto de plastoide do restante da armadura, porém com uma camada interna de proteção magnética. Os filtros no capacete impedem a entrada de contaminantes químicos e biológicos, enquanto aberturas de dispersão de calor mantêm a temperatura constante. As lentes polarizadas coletam dados não visuais para exibição na tela holográfica do capacete. As lentes se ajustam às condições do ambiente. Por exemplo, elas se escurecem para prevenir danos à retina causados por explosões. Os sensores auditivos gravam e reproduzem sons. O tom de voz alterado da fala do stormtrooper se dá em função de um codificador vocal na altura do queixo. NOTA: Os recursos de localização de ameaças no capacete são ativados apenas quando ele é vestido pelo soldado designado. Isso previne que inimigos os usem e reduz seu valor no mercado negro.

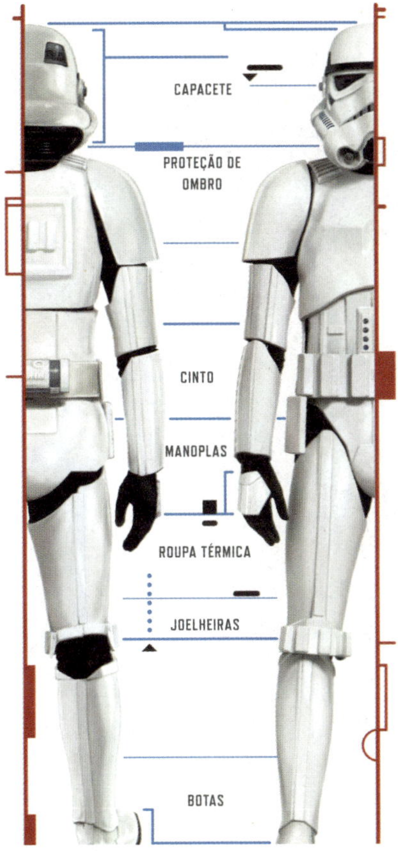

Não pegue um capacete abandonado por um stormtrooper se um wookiee tiver passado pelo local recentemente. Talvez ainda haja uma cabeça lá dentro. — Han

OFICIAIS STORMTROOPERS

Podem ser produto do sistema acadêmico ou soldados promovidos das fileiras. Quando não estão vestindo a armadura, é possível reconhecê-los por suas túnicas, calças e bonés pretos e seus cilindros de posto. No campo, os oficiais stormtroopers usam uma ombreira laranja e uma insígnia específica de seu posto.

A armadura usada pelos comandantes stormtroopers também tem marcas, mas com ombreiras azuis. Comandantes de alta patente recebem um escudo de energia pessoal para usar durante o combate.

Oficial Stormtrooper (uniforme de trabalho)

Oficial Stormtrooper (armadura)

Oficial Stormtrooper (marcas da unidade)

EQUIPAMENTO STORMTROOPER

O cinto removível do stormtrooper é padrão, mas o equipamento que ele é carrega varia dependendo dos parâmetros da missão. Entre os itens comuns estão:

- » Arpéu com cabo extensível
- » Comunicador militar C1 com equipamento embutido para impedir interferência
- » Carregador para o rifle blaster E-11
- » Fonte de alimentação de blaster para o rifle blaster E-11
- » Par de algemas para capturar prisioneiros
- » Kit de sobrevivência contendo rações de emergência, sinalizadores e material de primeiros socorros
- » Codificador/Decodificador de fechadura eletrônica

Há equipamentos adicionais na placa que protege as costas da armadura do stormtrooper. Entre eles estão:

» **SUPRIMENTO DE AR PRESSURIZADO:** Volume de ar emergencial que permite ao stormtrooper sobreviver por até vinte minutos no vácuo

» **FONTE DE ALIMENTAÇÃO:** Células recarregáveis que alimentam os componentes eletrônicos da armadura (240 horas para carregar)

» **TRANSMISSOR DE TELEMETRIA ENCRIPTADO:** Um pequeno disco embutido que permite a identificação de inimigos em meio a diversas armaduras idênticas.

Parece que podemos nos divertir um pouco com isso se descobrirmos um jeito de causar interferência ou enganar a telemetria. Um possível projeto para Drayson? – MADINE

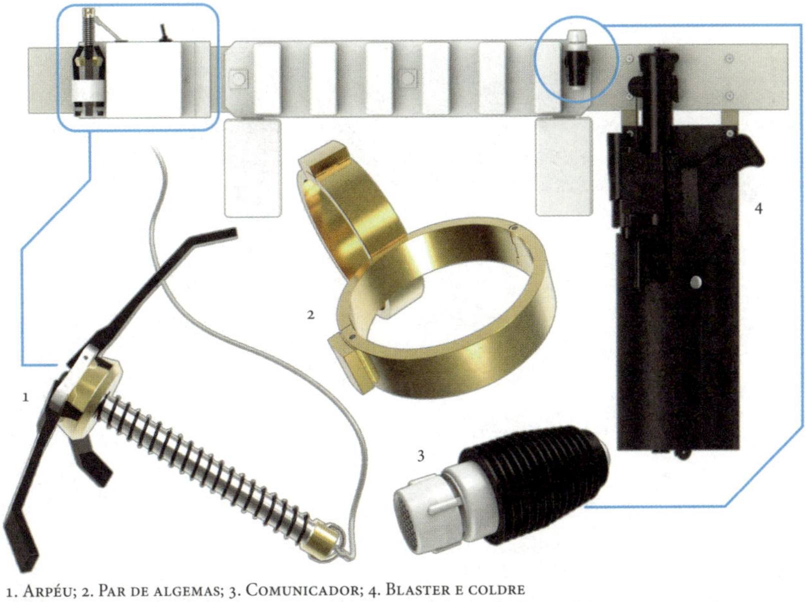

1. Arpéu; 2. Par de algemas; 3. Comunicador; 4. Blaster e coldre

ARMAMENTO STORMTROOPER RIFLE BLASTER (BLASTECH E-11)

Todos os stormtroopers carregam o BlasTech E-11. Trata-se de um rifle blaster leve, confiável e certeiro, que apresenta definições variáveis que vão do tiro simples à rajada automática. Estatísticas técnicas:

ALCANCE: 300 metros
NOTA: É mais adequado para tiroteios a curta distância, em particular os becos das instalações inimigas e os corredores de espaçonaves.
AJUSTES: Atordoar ou matar
MUNIÇÃO: Cartuchos de blaster com capacidade para 500 tiros, presos à lateral
PESO: 2,6 kg

CARACTERÍSTICA: Alcance óptico com ampliação 2x e que se comunica com o monitor tático no capacete do stormtrooper

FUNÇÃO: Com a coronha totalmente estendida, é possível apoiá-la no ombro do stormtrooper para contar o recuo. Com a coronha dobrada, torna-se compacto e pode ser carregado com uma das mãos.

MANUTENÇÃO: Limpeza regular e aplicação de vedante anticorrosivo para operar no vácuo

MODIFICAÇÕES: Lança-projéteis, entre os quais granadas e arpéus

Esqueceram de dizer que rifles E-11 emperram se você piscar para eles duas vezes. — Wedge

Já vi Dralls bêbados que atiravam melhor que o E-11. — Han

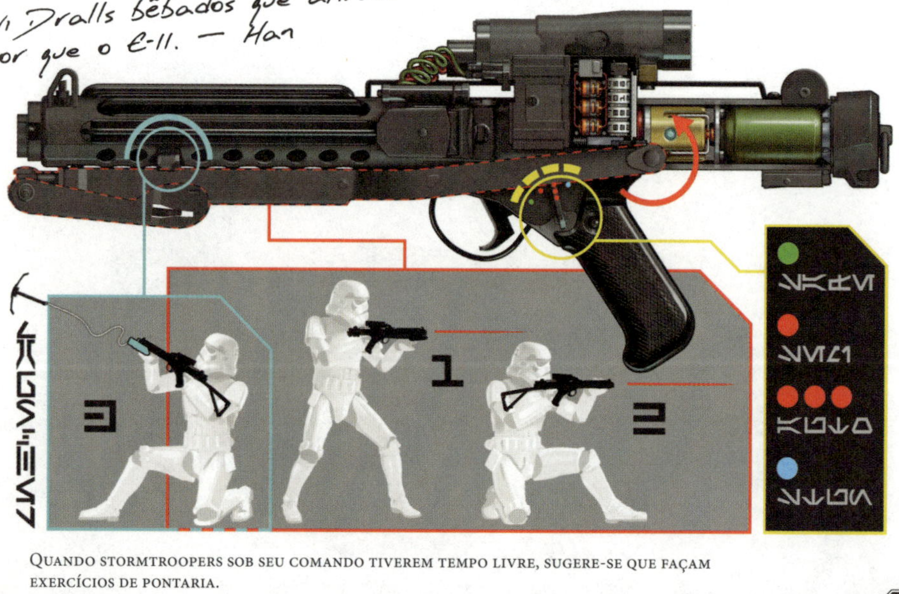

Quando stormtroopers sob seu comando tiverem tempo livre, sugere-se que façam exercícios de pontaria.

TRECHO DO MANUAL DE CAMPANHA DA TROPA DE STORMTROOPERS IMPERIAIS

SEÇÃO 32.B.ST57

OPERAÇÃO DE COMBATE DO RIFLE DE BLASTER E-11

Escolha a posição de tiro ideal com base na cobertura disponível, na posição de seus companheiros de esquadra e no número e na disposição dos alvos inimigos. Obtenha uma visão geral sem se expor ao fogo hostil. Permaneça alerta. Caso a situação mude de forma inesperada, não permita que o prendam.

1. Após conseguir uma posição de tiro estável, pressione a coronha do E-11 firmemente contra o ombro para conter o recuo. Aponte a boca da arma para o alvo e alinhe o tiro pela alça de mira.

2. Com cuidado, mire e controle o gatilho. Determine a distância e a velocidade do alvo.

3. Repare que alienígenas nem sempre têm a anatomia semelhante à de seres humanos. Mire sempre no centro de massa para obter o maior poder de parada possível.

4. Dispare rajadas controladas. Alvos a longa distância requerem mais precisão e um regime de tiro mais lento.

5. Continue atirando até que o inimigo caia.

6. Avalie a situação para determinar se a ameaça está contida ou se há necessidade de combater alvos adicionais.

7. Sobreviventes inimigos de pouco valor podem ser executados na hora. Os de alto valor ou de valor indeterminado devem ser levados sob custódia e entregues à Inteligência Imperial.

ARMAS PESADAS (BLASTER PESADO DE REPETIÇÃO DA E-WEB)

O E-Web da BlasTech é um poderoso rifle de repetição capaz de penetrar a blindagem de veículos. É grande demais para ser carregado por um único stormtrooper, mas todos os soldados são treinados para preparar, apontar e disparar com essa arma.

ALCANCE: Limite de 750 metros
AJUSTES: Anti-infantaria e penetração de blindagem
MUNIÇÃO: Rajadas de energia alimentadas por um gerador de energia independente
PESO: 38 kg

CARACTERÍSTICA: Pode ser transportado e montado em menos de um minuto. No entanto, seu gerador Eksoan Classe 4T3 leva até dez minutos para atingir a carga máxima.

FUNÇÃO: Operado por dois troopers. Um dispara o E-Web por detrás do tripé com acolchoamento para recuo. O outro monitora e ajusta a alimentação do gerador de energia, prevenindo o superaquecimento.

MANUTENÇÃO: Desmontagem, inspeção, reparos e remontagem mensais

MODIFICAÇÕES: Ajuste para repetição de alta velocidade, kit de modificação para torre de sentinela automatizada

EXPLOSIVOS (DETONADOR TÉRMICO ACIONADO POR CHAVE)

Detonador térmico cilíndrico acionado com núcleo de barádio localizado na parte inferior traseira de qualquer armadura stormtrooper.

ALCANCE: Raio de 5 metros
AJUSTES: Demora de 6 a 18 segundos
MUNIÇÃO: Núcleo explosivo de barádio
PESO: 180 g
CARACTERÍSTICA: Bloqueio de segurança

FUNÇÃO: Antes da ativação, é preciso digitar um código de acesso. Cada stormtrooper recebe um único no início da missão. Para prevenir que inimigos o detonem, as chaves no detonador não são marcadas. Por isso, os soldados precisam memorizar o código.

MANUTENÇÃO: Inspeção regular em busca de imperfeições no invólucro exterior, substituição integral de unidades danificadas

MODIFICAÇÕES: Capas externas magnéticas e adesivas

ÀS VEZES, OS STORMTROOPERS ACIONAM O DETONADOR PARA EVITAR A CAPTURA E O INTERROGATÓRIO. E PARA CONSEGUIR MATAR UM ÚLTIMO INIMIGO, PROVAVELMENTE.
— RIEEKAN

TRECHO DO MANUAL DE CAMPANHA DA TROPA DE STORMTROOPERS IMPERIAIS

SEÇÃO 32.B.ST57

OPERAÇÃO DE COMBATE DO DETONADOR TÉRMICO ACIONADO POR CHAVE

1. Remova o detonador térmico do prendedor na parte inferior traseira da armadura.
2. Inspecione o detonador em busca de sinais de danos e assegure-se da integridade do núcleo de barádio. Caso esteja em posse de um detonador possivelmente instável, não prossiga.
3. Calcule a distância do alvo.
4. Digite o tempo de ação retardada.
5. Digite o código de acesso.
6. Vire-se de lado para o alvo; lance o núcleo com um arremesso por cima da cabeça, na direção do alvo.
7. Proteja-se da explosão. Dê seguimento imediato com tiros de blaster ininterruptos contra a posição do inimigo.

ESTRUTURA E ORGANIZAÇÃO

Talvez a Tropa de Stormtroopers seja a menor unidade das forças armadas Imperiais, mas temos nossa própria cadeia de comando.

Nos planetas, é comum os civis confundirem stormtroopers com soldados do Exército Imperial. No espaço, geralmente presumem que estamos ligados à Marinha Imperial. Um stormtrooper não ficará ofendido, mas, como oficial das forças armadas Imperiais, você deve saber diferenciar.

O Comando Stormtrooper controla as operações militares da Tropa de Stormtroopers. Seus oficiais são subservientes à vontade do Imperador Palpatine. Se ele deseja algo, os stormtroopers fazem acontecer.

Os membros da Guarda Real são parte da Tropa de Stormtroopers. Eles são os guarda-costas pessoais do Imperador e, portanto, estão à parte da cadeia tradicional de comando, recebendo ordens diretamente de Sua Majestade Imperial e de seus assessores de honra.

FORMAÇÕES E DESDOBRAMENTO

Isoladamente, cada stormtrooper é uma unidade de combate formidável. Agrupados, eles podem alcançar qualquer objetivo em terra, ar ou espaço.

ESQUADRÃO

ESTRUTURA: 8-10 stormtroopers
POSTO DO COMANDANTE: Sargento

NOTA: O esquadrão é a menor unidade composta de stormtroopers normalmente enviada para uma situação de ameaça.

Stormtrooper e Guarda Real

TRECHO DO MANUAL DE CAMPANHA DA TROPA DE STORMTROOPERS IMPERIAIS

SEÇÃO 682.T.ST88

COMO MANTER A FORMAÇÃO DO ESQUADRÃO

Para obter flexibilidade em condições de batalha adversas, divida o esquadrão em duas linhas de tiro e organize-as em formação de cunha. Posicione o líder na ponta de cada uma delas.

Tal organização permite o máximo de distância de tiro em todas as direções, mantendo a comunicação imediata entre os membros. Aconselha-se agrupar um esquadrão dessa maneira nas situações em que não se sabe a composição ou o posicionamento do inimigo.

PELOTÃO

ESTRUTURA: 4-5 esquadrões

POSTO DO COMANDANTE: Tenente ou Primeiro-Sargento

NOTA: Assim como o esquadrão, pelotões de stormtroopers podem variar em tamanho.

COMPANHIA

ESTRUTURA: 4 pelotões

POSTO DO COMANDANTE: Capitão

NOTA: A Companhia Tango lutou durante a Supressão em Lasan, tornando seus membros merecedores da Medalha de Valor Imperial.

BATALHÃO

ESTRUTURA: 4 companhias

POSTO DO COMANDANTE: Major

NOTA: É provável que um batalhão stormtrooper incorpore muitos tipos de unidades especializadas, como os incineradores e os de reconhecimento.

REGIMENTO

ESTRUTURA: 4 batalhões

POSTO DO COMANDANTE: Tenente-Coronel

NOTA: Um regimento stormtrooper é considerado o suficiente para capturar um porto espacial planetário Classe A.

LEGIÃO

ESTRUTURA: 4 regimentos

POSTO DO COMANDANTE: Coronel

NOTA: A legião é o maior nível organizacional definido dentro da Tropa de Stormtroopers. É o equivalente aproximado de um grupo de batalha do Exército Imperial.

Uma companhia apoiada por uma unidade de combate blindada.

A 501ª LEGIÃO

Por Comandante Mak Tennar

Somos guerreiros de elite que servem ao Imperador, mas temos orgulho de sermos chamados de O Punho de Vader. A Marinha e o Exército Imperiais são fundamentais para a manutenção da paz em nosso glorioso Império. Os soldados da 501ª Legião Imperial são mais do que pacificadores. Nós servimos aos mais altos governantes do Império.

A 501ª Legião se formou durante as Guerras Clônicas e tornou-se conhecida durante a rebelião Jedi, que deu fim àquele conflito. Foram os soldados da 501ª Legião que invadiram o Templo Jedi e eliminaram os falsos feiticeiros escondidos na fortaleza de seu governo. O Lorde Darth Vader escolhe nossos membros entre as unidades stormtrooper. Os que alcançam seu respeito são premiados com promoções em campo de batalha.

A 501ª Legião continua servindo ao Lorde Darth Vader na emergência atual, trabalhando em busca do dia em que os Rebeldes serão postos em seu devido lugar.

QUERIA SABER MAIS A RESPEITO DESSE ACONTECIMENTO. OS REGISTROS FORAM APAGADOS. SÓ RESTARAM DECLARAÇÕES IMPRESSAS, COMO ESTA. —LUKE

ESPECIALIDADES DE STORMTROOPERS

O Império contém um vasto número de mundos. Esses planetas se localizam no vácuo, como botes salva-vidas à deriva em um mar morto. Ainda assim, muitos desses refúgios ancoram climas hostis aos humanos. Usando uma combinação de excepcionais treinamento e armadura, os membros da Tropa de Stormtroopers são capazes de dominar qualquer ambiente.

Na Aliança, nós mobilizamos os Cavaleiros Mon Calamari para nos ajudar na libertação dos mundos aquáticos. Eles são excepcionalmente qualificados para derrotar inimigos como os seatroopers. —Mothma

STORMTROOPERS DE ASSALTO AQUÁTICO (SEATROOPERS)

Stormtroopers de assalto aquático, ou seatroopers, são enviados a mundos oceânicos para acabar com ameaças subaquáticas. Acoplado à armadura, o suprimento de ar dura mais de uma hora e resiste à pressão do fundo do mar. Botas-nadadeiras e uma mochila propulsora auxiliam na mobilidade subaquática.

É comum que os seatroopers sejam transportados até o local da batalha a bordo de AT-ATs Nadadores. No entanto, eles têm autoridade para comandar jet skis anfíbios e outras embarcações aquáticas operadas pela Divisão Marítima Imperial. Cada seatrooper possui um rifle blaster E-11 que também funciona como atirador de arpão.

STORMTROOPERS DO ESQUADRÃO ANTIBOMBAS (BOMBTROOPERS)

Os bombtroopers são treinados para desarmar artefatos explosivos, desde minas antitanque até primitivas armadilhas de mola. Sua armadura especial consegue aguentar explosões controladas e estilhaços em alta velocidade. O capacete de um bombtrooper conta com sensores para detectar as assinaturas químicas de explosivos. Além disso, visando proteger o soldado de danos nos olhos ou ouvidos, o capacete entrará automaticamente em modo abafador ao primeiro sinal de uma detonação. Membros do esquadrão antibombas são superiores aos droides desarmadores de bombas porque são treinados para recolher o dispositivo intacto, gerando uma valiosa captura para a Inteligência Imperial.

Stormtrooper de Assalto Aquático

STORMTROOPERS INCINERADORES

Stormtroopers incineradores carregam marcas vermelhas na armadura que indicam sua especialidade. Seu lança-chamas Oppressor e seus rifles de plasma emitem feixes capazes de agitar moléculas até alcançarem o ponto de combustão. Treinados para disparar fogo e substâncias químicas reativas, os stormtroopers incineradores são mais bem-empregados contra a infantaria inimiga ou para purgar aldeias locais. Usando apenas cartuchos termobáricos e lança-morteiros, eles alcançaram o triunfo Imperial conhecido como a Ruína de Cinzas de Nova Plympto.

FUZILEIROS IMPERIAIS

Os stormtroopers dos Fuzileiros Imperiais oferecem à Marinha seu ímpeto. Baseados em Destróieres Estelares e outras naves de guerra da Marinha, eles funcionam como a primeira onda de grupo de abordagem em veículos capturados. Após abrir o casco da nave inimiga com um laser de corte e carga explosiva, os Fuzileiros Imperiais executam um assalto de choque com rifles E-11, lança-mísseis MiniMag PTL, projéteis de fumaça e granadas de ofuscamento. Eles também são treinados para repelir inimigos se houver violação na defesa de uma nave.

Eles também atacaram Kashyyyk, especialmente Kepiterochan.
Tenho uma conta enorme para acertar com esses caras. — Han

STORMTROOPER INCINERADOR

STORMTROOPERS DE AMBIENTES DE RISCO

Climas planetários extremos não são nada para esses stormtroopers. Sua armadura é completamente vedada contra ameaças causadas por ácido, eletromagnetismo, elementos bioquímicos e outros perigos ambientais. Um suprimento de ar que dura três dias e é enriquecido com bactérias benéficas circula nas armaduras. Os soldados designados para o trabalho em ambientes de risco têm seus membros substituídos por partes mecânicas. Assim, contam com a força e a energia necessárias para suas demoradas missões. São armados com rifles de concussão e blasters pesados de repetição.

TRECHO DO MANUAL DE CAMPANHA DA TROPA DE STORMTROOPERS IMPERIAIS

SEÇÃO 7782.X.ST08

STORMTROOPERS DE AMBIENTES DE RISCO – COMO LIDAR COM UM CONTAMINANTE DE FILTRO CATASTRÓFICO

O monitor interno em seu capacete o alertará caso um contaminante tenha passado pelos filtros de sua máscara e se apresente como uma ameaça letal. Nada atípico deve ser capaz de penetrar o ambiente vedado de sua vestimenta. Se algum cheiro ou gosto incomum se infiltrar, realize o seguinte procedimento de contenção imediata.

1. Não respire. Feche a boca e os olhos.
2. Feche os filtros de seu capacete manualmente.
3. Pressione a válvula de purificação do capacete e solte o ar bruscamente para limpar o ambiente do capacete.
4. Alerte seu esquadrão com um dos três alarmes a seguir:
   - Alarme específico para o esquadrão por meio do comunicador: três breves acionamentos
   - Alarme gestual: estique o braço acima da cabeça com o punho cerrado e dobre o braço em 90 graus na altura do cotovelo
   - Alarme percussivo: três batidas com pequeno intervalo de tempo, encostando a armadura dos antebraços uma contra a outra
5. Se os componentes eletrônicos de sua armadura ainda funcionam, inicie a limpeza dos contaminantes e as injeções antibióticas.
6. Continue a missão. Ao retornar à base, vá direto à área de quarentena para ser examinado pelos droides médicos da base.

STORMTROOPERS MAGMA (LAVATROOPERS)

Treinados para operar em fendas geológicas, os lavatroopers são enviados a minas vulcânicas onde o conjunto de minérios raros é ameaçado pelas guerrilhas Rebeldes. Sua armadura é reforçada com Duravlex, para suportar até 1.900 graus centígrados. Carregam blasters pesados e lança-chamas da SS-Mobile-tech.

STORMTROOPERS DE ASSALTO A ZONAS DE RADIAÇÃO (RADTROOPERS)

Os radtroopers são enviados a zonas com muita radiação, como as encontradas em planetas inóspitos mas de valor estratégico inestimável ou a campos de batalha castigados pela detonação de armas de fissão.

A armadura prateada do radtrooper é revestida com um polímero de chumbo que bloqueia a energia eletromagnética. Alimentado por uma mochila nas costas, ele também defende o soldado contra contaminantes externos, ao manter, dentro da armadura, um ambiente respirável e com a temperatura controlada.

Além de blasters modificados que não são afetados por ondas de radiação, seu equipamento-padrão também inclui sensores de mão para medir o nível de radiação e determinar o risco para escravos Imperiais que sejam designados a trabalhar na área.

DURANTE A BATALHA EM IMMALIA, NÓS BATEMOS EM RETIRADA QUANDO LOCALIZAMOS UM ESQUADRÃO DE RADTROOPERS. NA HORA, PRESUMIMOS QUE ESTÁVAMOS OPERANDO EM UMA ZONA CONTAMINADA, MAS NA VERDADE ACABOU QUE O IMPÉRIO TINHA ARMADURAS DE RADTROOPERS DISPONÍVEIS NAQUELE DIA, E POR FIM DEIXAMOS O LUGAR SEM MOTIVO ALGUM. —RIEEKAN

STORMTROOPERS DE CONTROLE DE TUMULTO

A traiçoeira influência da Aliança Rebelde espalhou a corrupção até entre as populações mais leais. Quando se detectam distúrbios civis, os stormtroopers de controle de tumulto aparecem para restabelecer a ordem. Eles são enviados quase exclusivamente para mundos que são megalópoles em todo o Núcleo e nas Colônias — os mundos desobedientes que precisam de disciplina paternal.

Esses troopers são treinados na mesma academia em Yinchorr que os Guardas Reais do Imperador. Eles são imbatíveis no combate pessoal e no uso de armas, como o bastão atordoante. Preferem o combate direto e não têm medo das multidões.

Stormtrooper de controle de tumulto

EU NUNCA IMAGINARIA QUE OS STORMTROOPERS SABIAM TANTO A RESPEITO DE TATOOINE PARA LIDAR COM A PRESSÃO, MAS ELES NÃO PARECERAM NEM UM POUCO INCOMODADOS.
-LUKE

STORMTROOPERS DO DESERTO (SANDTROOPERS)

Sandtroopers ficam baseados em mundos desérticos onde há tempestades de areia, cinzas ou outras partículas que podem entupir os filtros respiratórios e emperrar o maquinário. A armadura de um sandtrooper conta com um avançado sistema de limpeza de filtro, que mantém a respiração constante, além de recirculadores de refrigeração e lentes polarizadas no capacete, que evitam o ofuscamento causado pelas dunas. Suas mochilas de sobrevivência SD-48 permitem que cumpram missões demoradas sob um calor inclemente. Cada mochila tem diversos filtros de água purificada, um condensador em miniatura que extrai água potável da atmosfera, um comunicador de longa distância e um abrigo dobrável que reflete a luz.

Em Tatooine, não é o calor que mata você. É o tédio. Cadê o Trooper Antitédio? — Han

STORMTROOPER DO DESERTO

STORMTROOPERS SALTADORES (SKYTROOPERS)

A herança pitoresca dos skytroopers engloba os saltadores de foguetes do fim do período Manderon, além dos clone troopers aéreos das Guerras Clônicas e dos infames guerreiros de jet pack de Mandalore. Assim como seus predecessores, os stormtroopers saltadores são especialistas em ataques aéreos. Cada soldado possui um jet pack AJP-400 Hush-About modificado para no máximo dois minutos de operação contínua.

Os saltadores não ficam suspensos no ar para participar de batalhas. Em vez disso, eles usam os jet packs para reconhecer os campos de batalha, alcançar áreas inacessíveis, pousar além das linhas inimigas sem serem detectados ou ganhar altitude e abrir fogo contra os inimigos. Eles usam disruptores de plasma e empregam diversas armas de projétil, incluindo lança-foguetes, cargas explosivas com detonador e cartuchos anti-infantaria com projéteis em formato de flecha.

OS SNOWTROOPERS EXECUTARAM O ASSALTO CONTRA A BASE ECHO, EM HOTH. A ALIANÇA PERDEU MESES PREPARANDO SEUS EQUIPAMENTOS PARA FUNCIONAR NO AMBIENTE GELADO, ENQUANTO O IMPÉRIO JÁ CHEGOU EQUIPADO PARA CONDIÇÕES POLARES. — RIEEKAN

TROOPERS DA NEVE (SNOWTROOPERS)

Como o nome sugere, são treinados para operações em ambientes gelados. A armadura conta com uma roupa isolante térmica com camuflagem branca como camada extra de proteção contra o frio. Os controles manuais para regular o sistema interno do traje ficam no peitoral. As lentes do capacete funcionam como óculos de neve, e a parte frontal é coberta com um tecido que promove circulação do ar respirado, aumentando o calor e prevenindo a formação de gelo no filtro atmosférico do capacete. Cada snowtrooper tem um kit de sobrevivência que conta com aquecedor portátil, abrigo dobrável, células de energia reserva, farol localizador, comunicador e sinalizadores de íons.

Trooper da neve

STORMTROOPERS DO PÂNTANO (SWAMPTROOPERS)

A leve armadura dos swamptroopers Imperiais é pintada de verde para camuflá-la nos pântanos. É comum que essas batalhas aconteçam perto de lagos, rios e outros cursos de água onde os assentamentos tendem a se aglomerar em planetas habitáveis. A armadura modificada é vedada contra o meio ambiente, evitando assim muitas ameaças biológicas que se desenvolvem nos pântanos (colônias de bactérias tóxicas, enxames de insetos que picam, anfíbios carnívoros etc.).

Os capacetes dos swamptroopers são equipados com respiradores que filtram o oxigênio respirável, permitindo que os soldados operem debaixo d'água por um tempo limitado. As lentes vêm com visores multiespectro e software de mapeamento de terreno. Os swamptroopers usam pesados blasters de repetição, e seus kits de sobrevivência incluem um flutuador de emergência e uma vibrofaca serrilhada.

SOLDADOS DE ASSALTO EM GRAVIDADE ZERO (SPACETROOPERS)

Considerados os melhores da galáxia, os spacetroopers realizam operações de assalto e captura a espaçonaves inimigas. Assim como os Fuzileiros Imperiais, eles servem a bordo de naves da Marinha. Mas, ao contrário dos Fuzileiros, os spacetroopers atuam melhor no vácuo.

Sua armadura vem em diversas configurações, mas todos os modelos são vedados para funcionar no vácuo e protegem contra a radiação hiperespacial. Possui também um sistema de propulsão e um pequeno arsenal de armas antiespaçonaves. Embora a armadura seja sufocantemente volumosa para ambientes com gravidade-padrão, é excelente quando o spacetrooper é lançado de um transportador de assalto classe Gama. Em essência, o trooper em gravidade zero é, em si, um pequeno veículo espacial de apenas um tripulante.

Isso é mais preciso do que eu gostaria que fosse. Um único spacetrooper é capaz de invadir e tomar o controle de um furador de bloqueio. Precisamos de treinamento. Precisamos de contramedidas. — Leia

Diversas armas estão incorporadas. Há maçaricos a laser para cortar cascos de naves na parte superior dos antebraços. A manopla direita possui um canhão blaster, e a esquerda, um lança-torpedo de prótons. Após acessar o interior da nave, o trooper pode usar os dois lança-granadas equipados nos ombros.

Escoltas para os caças estelares, por exemplo. As armas de um spacetrooper não são adequadas para um combate aéreo a curta distância. Se um caça estelar colocar o spacetrooper na mira, acabou tudo. — Wedge.

TROOPERS DE RECONHECIMENTO (EXPLORADORES)

Os troopers de reconhecimento, ou exploradores, são especialistas em sobrevivência, em operações de reconhecimento móvel, além de invasores treinados. Equipados com speeder bikes 74-Z, eles lideram patrulhas que determinam o poderio inimigo ou executam ataques rápidos em apoio a uma força terrestre mais imponente.

A armadura dos exploradores é leve, permitindo-o, assim, vasta gama de movimentos. Seus capacetes possuem alcance macrobinocular e leitores táticos de terreno. Usam pistolas de blaster, além de rifles blaster E-11 com mira telescópica, o que os permite eliminar alvos a distância.

Seu kit de campo contém rações, carretel de microcorda com arpéu, comunicador blindado, abrigo camuflado, purificador de água, sinalizadores e um droide R-4.

Às vezes, pulsos eletromagnéticos servem para desregular sistemas eletrônicos ou a armadura de um spacetrooper. Sem energia, ele não pode se mexer. — MADINE

TRECHO DO MANUAL DE CAMPANHA DA TROPA DE STORMTROOPERS IMPERIAIS

SEÇÃO 27.B.ST2

EXPLORADORES – RECONHECIMENTO E PROTEÇÃO DE PONTOS DE REAGRUPAMENTO

Durante missões de reconhecimento, mantenha o silêncio no comunicador se houver chance de contato com o inimigo. Minimize o barulho dos movimentos e não ative fontes de luz externas. Ao se infiltrar, mova-se furtivamente. Selecione seu próximo ponto de esconderijo e siga com rapidez de um local ao outro. Caso haja razão para achar que está sendo observado, abaixe-se e prossiga em zigue-zague.

Os troopers de reconhecimento são os olhos e os ouvidos da Tropa de Stormtroopers. Durante a viagem, o explorador deve verificar as redondezas à procura de indícios da presença do inimigo. Entre os quais estão:

- ◊ Vegetação rasteira recém-mexida.
- ◊ Linhas e ângulos retos feitos artificialmente. Isso pode indicar que há máquinas enterradas ou droides de batalha em posição de cobertura.
- ◊ Vegetação que parece deslocada em relação às redondezas ou que não faz parte da vegetação natural encontrada no planeta. Esse é um sinal de potencial camuflagem inimiga.
- ◊ Equipamento abandonado. Os itens podem ter sido deixados por algum inimigo batendo em retirada e talvez deem pistas de sua composição e proximidade.

UNIDADES DE ELITE DOS STORMTROOPERS

A GUARDA REAL DO IMPERADOR

Encarregada da segurança pessoal de Sua Majestade Imperial, a Guarda Real é a unidade mais importante das forças armadas Imperiais. Seus candidatos são escolhidos a dedo nas academias e nas fileiras da Tropa de Stormtroopers. Eles recebem aulas de técnicas de combate e de Echani — a arte do combate sem uso de armas — na Academia da Guarda Real, em Yinchorr. Eles treinam um contra o outro dentro da arena Tempestade. O teste final, que se dá sob o olhar atento do Imperador, é uma batalha mortal. O sobrevivente passa a fazer parte da Guarda Real.

Debaixo de seus robes vermelhos, os Guardas Reais vestem uma armadura de batalha inspirada nos lendários Guardas Sol de Thyrsus e empunham lanças de força com lâmina. Dizem que jamais um Guarda Real morreu em combate contra um inimigo.

Ah, mas isso só pode ser mentira. —Han

NOVATROOPERS

Alguém precisa ser o melhor de todos. Por sorte, ouvi dizer que existem apenas algumas dezenas desses. —Wedge

Os soldados selecionados para obter um lugar na guarda de honra do Imperador são chamados de Novatroopers. Sua armadura reluz em dourado e negro, as cores cerimoniais. É raro encontrá-los em outro lugar que não seja em cerimônias Imperiais oficiais, como entregas de Medalhas de Valor e discursos públicos do Imperador aos cidadãos de Coruscant no início da Semana de Ano-Novo.

GUARDA DE CORUSCANT

A Guarda de Coruscant mantém a paz na capital Imperial, protegendo seus cidadãos e assegurando a estabilidade do mundo que nosso Imperador chama de lar. Ela trabalha em conjunto com a polícia de Coruscant, mas seus membros têm patentes mais altas do que todos os oficiais da lei locais. Sua missão é manter a segurança em locais-chave do governo, como o Palácio Imperial e a Pliada di am Imperium. Também escoltam senadores e moffs Imperiais.

Possui armadura otimizada para obter vantagens na visibilidade, na flexibilidade e no combate corpo a corpo, além de contar com um acolchoamento extra para absorver o impacto de traumas. No capacete, as lentes permitem a visão no mais absoluto breu. O codificador vocal também serve de alto-falante para se dirigir a multidões. Os membros da Guarda de Coruscant carregam lanças de força, um bastão de eletrochoque e rifles para controle de multidão. Eles operam uma frota de airspeeders de deslocamento rápido.

TRECHO DO MANUAL DE CAMPANHA DA TROPA DE STORMTROOPERS IMPERIAIS

SEÇÃO 0711.X.STC01

GUARDAS DE CORUSCANT – COMO USAR A LANÇA DE FORÇA NO COMBATE MANO A MANO

Como executar o movimento Esmaga e Corta:

1. Erga uma das pernas para a frente e impulsione a perna traseira, dando um bote para a frente.
2. Ao mesmo tempo, segurando a lança com força, ataque o alvo usando a ponta cega da lança.
3. Estique o braço para perto da lança, que tem a vibrolâmina, brandindo-a contra o corpo do oponente.
4. Volte à posição de prontidão. Avalie o dano causado no alvo e se prepare para um possível contra-ataque.

Como executar um movimento de Desvio Ofensivo:

1. Mantenha a lança de força perto do corpo, paralela ao chão e um pouco acima da cintura. Não faça movimentos bruscos.
2. Intercepte a arma do inimigo com o centro da haste, absorvendo assim o impacto.
3. Usando o impulso, gire os braços e os quadris para redirecionar a arma do inimigo de volta contra ele. Mire seu pescoço, já que, em geral, essa área não é protegida por armadura e é um ponto vulnerável para a maioria das espécies humanoides.
4. Volte à posição de prontidão. Se o inimigo estiver ferido e parar de atacar, execute um golpe derradeiro (ver próxima seção).

Os soldados sob seu comando vivem de acordo com essas palavras. Você deve fazer o mesmo.

COMANDOS DE ASSALTO IMPERIAIS

Vença os Rebeldes em seu próprio jogo. A habilidade de enfrentar um inimigo escorregadio, que evita o combate aberto, foi o conceito que impulsionou a formação dos Comandos de Assalto Imperiais.

Essa divisão especial da Tropa de Stormtroopers é especialista em neutralizar táticas de insurgência da Aliança Rebelde, acabando com insurreições ou revoluções próximas a territórios Rebeldes. Os comandos de assalto dependem de sua furtividade e dão ênfase a práticas de sabotagem e assassinatos.

Sua armadura é similar à usada pelos troopers de reconhecimento, mas é preta e fosca; por isso seus membros ganharam o apelido de "exploradores das sombras". No acabamento da armadura há um polímero que reflete a luz e a radiação eletromagnética, o que reduz a quase zero a chance de um sensor detectá-lo. O equipamento também gera um amortecedor de sons no raio de até um metro. Os comandos de assalto são treinados para pilotar o Caçador TIE, uma variante blindada do caça TIE construída para o combate direto com os T-65 X-Wing.

Eu formei os Comandos de Assalto e os liderei nas primeiras missões. Foram essas missões bem-sucedidas que nos colocaram em posição de usar uma arma biológica, a praga Candoriana, em Dentaal. Estávamos apenas cumprindo ordens. Foi a última ordem que aceitei do Império. Desertei para o lado da Aliança, mas continuarei pagando minha dívida com Dentaal até o dia em que morrer. – MADINE

O Caçador TIE, desenvolvido para combate e para infiltração em planetas.

ESPECIALIZAÇÕES DE STORMTROOPERS (EXPERIMENTAIS/SECRETAS)

STORMTROOPERS DAS SOMBRAS (STORMTROOPERS BURACO NEGRO)

Não devem ser confundidos com os exploradores das sombras. Os stormtroopers das sombras servem ao Agente Buraco Negro, chefe da Inteligência Imperial. Em consequência disso, às vezes são chamados de Stormtroopers Buraco Negro. Suas missões são confidenciais, mas sabe-se que eles recebem treinamento especial em táticas de infiltração e emboscada. Sua armadura negra característica lembra a dos stormtroopers, mas as diferenças vão muito além das aparências. O equipamento de um stormtrooper das sombras é feito de um polímero stygian triprismático que o deixa praticamente indetectável a sensores. Eles também são conhecidos por carregar seus próprios dispositivos de ocultação que dobram a luz ao redor deles, causando um efeito próximo à invisibilidade.

TROOPERS TERROR

Desenvolvidos como experimentos ciborgues pelo Departamento Imperial de Pesquisa Militar, esses raros stormtroopers têm o codinome Troopers Terror. Eles são especialistas em combate direto com garras afiadas de dura-aço nas mãos e nos pés. Seus membros ciborgues lhes dão mais força, velocidade e agilidade. Suas máscaras, que lembram a do líder Separatista General Grievous — morto há muito tempo —, aumentam a capacidade respiratória dos pulmões orgânicos do trooper.

Troopers Terror continuam lutando após perder um ou mais membros.

DARK TROOPERS

Por General Rom Mohc

Mohc conseguiu seu exército, e a Aliança o tirou dele. Todos os dark troopers foram perdidos na destruição de Arc Hammer. Pelo menos é o que esperamos. —Mothma

Como sou o único qualificado para falar a respeito dessa nova tecnologia, tenho recebido pedidos para preparar este breve resumo. Lembre-se de que, por causa da minha proximidade com este projeto, não consigo remover toda a emoção das minhas palavras.

Nas Guerras Clônicas, nós lutamos contra droides de batalha. Eu estava lá. Enfrentei os inimigos do Imperador durante décadas. Fui um dos primeiros spacetroopers. E, embora reconheça que a tecnologia está sempre progredindo, tenho muito medo de que a direção atual que a pesquisa militar Imperial tem tomado elimine o combate pessoal por completo.

Meus dark troopers são droides, sim, mas eles levam a arte da guerra de volta ao seu cerne, de volta à honra de um duelo. Esses guerreiros de ferro enfrentam o inimigo no combate mano a mano.

O dark trooper Fase I é um esqueleto autômato. Sua estrutura é composta por uma liga de phrik durável. Um braço conta com uma vibrolâmina na extremidade, o outro é soldado em um escudo de metal. O Fase I é um lutador puro, que domina a arte do manejo da espada. Ainda assim, é apenas uma plataforma de testes para o Fase II, que é totalmente aprimorado.

O dark trooper Fase II é construído com um revestimento externo reforçado e moldado em um liga de phrik. Seu dispositivo de voo o permite voar em rajadas curtas, e seu canhão de assalto emite uma rajada fulminante de mísseis e de granadas de plasma. Seu lançador ARC libera um raio elétrico controlado capaz de explodir equipamentos eletrônicos e de cozinhar seres orgânicos de dentro para fora.

Tomando por base os modelos anteriores, o Fase III também pode ser usado como exovestimenta, permitindo que o operador humano participe do combate direto. Ele é armado com o canhão de assalto do Fase II, além de dois suportes de mísseis equipados nos ombros.

Deve-se notar que ainda não completei a construção do Fase III e que os outros dois modelos ainda estão em período de teste. Mas deixe-me dizer isto: eu sou um stormtrooper, e, quando olho para os meus dark troopers, vejo irmãos de armas.

Tenha isso em mente — assim como minha necessidade de mais financiamento — da próxima vez que ouvir relatos de uma estação de batalha que estilhaça planetas inteiros. Onde está a honra nisso tudo?

RELATÓRIO DE MISSÃO: Heroísmo a Serviço do Imperador

RECONHECIMENTO: Pelotão Negastrike, Setor M777 da 501ª Guarnição Central, Orla Média

ANTECEDENTES: O sargento do pelotão já havia conseguido destaque para sua unidade nas operações em Balmorra, Lasan e no Anel de Metellos. Antes deste incidente, a 501ª Legião Imperial recebeu ordens de refrear a violência Trandoshana contra os colonizadores Imperiais, que foram autorizados pelo Imperador a reivindicar o mundo colonial de Dosha.

RELATÓRIO DA MISSÃO: A 501ª garantiu pontos críticos ao longo da massa terrestre na região equatorial de Dosha. A bordo das naves de transporte Imperiais, o pelotão Negastrike avançou contra o abrigo entrincheirado dos Trandoshanos perto da foz do canal Arakka. Ao demolir a fortificação inimiga com detonadores térmicos e blasters de repetição, o pelotão logo se viu sob os disparos dos atacantes Trandoshanos que haviam se abrigado embaixo dos tapetes de algas do canal.

O pelotão Negastrike capturou os Trandoshanos, mas não seria capaz de desembarcar sem ser apanhado. O sargento do pelotão ordenou então que seus jumptroopers alçassem voo para atirar do alto contra o inimigo e impedir que eles atirassem. Com o ataque, o sargento ordenou que seus stormtroopers incineradores saturassem o litoral com sprays de material químico. Ao atear fogo no material com tiros de blaster, o pelotão Negastrike só fez observar os tapetes de algas serem consumidos pelas chamas, fervendo vivos mais de cem Trandoshanos.

RESULTADO: As ações do pelotão frustraram o contra-ataque e permitiram que a 501ª levasse a melhor. Darth Vader destacou o sargento do Negastrike, referindo-se a suas ações como “notáveis” — sem dúvida, um grande elogio.

OS TRANDOSHANOS NÃO SÃO NOSSOS ALIADOS, E SÓ FICAMOS SABENDO DISSO DEPOIS QUE A POEIRA DA BATALHA JÁ HAVIA BAIXADO. GOSTARIA DE PODER TER AJUDADO. — RIEEKAN

PARTE V

A DOUTRINA IMPERIAL

Por Grande Moff Wilhuff Tarkin

A PROJEÇÃO DO PODER: O DIREITO DE GOVERNAR DO IMPÉRIO

Vivemos em uma grande era, uma era que moldará a civilização pelos próximos mil anos. Essa façanha será atingida por meio da fidelidade à ideologia.

Eu, que ajudei a moldar a doutrina que subjaz à Nova Ordem do Imperador, estou excepcionalmente bem-qualificado para explicar seus preceitos. Você, que na posição de comandante das forças armadas executará a vontade do Imperador, deve entender e obedecer.

Quando a República pereceu, a causa foi clara: duas feridas fatais vinham infeccionando sem qualquer tratamento durante séculos. Primeiro, a República se preocupou com todos os pedidos dos cidadãos, por mais insignificantes ou imbecis que fossem. Segundo, valorizou a aparência superficial de paz; não mantinha exércitos próprios, até que uma guerra civil empurrou os Jedi para as linhas de frente ao lado dos recém-criados clone troopers.

A República não projetou poder, interna ou externamente. Na verdade, ela não tinha poder algum.

A democracia Republicana era um suporte para os preguiçosos. Permitia que os cidadãos espalhassem suas responsabilidades pessoais para o conjunto maior, assegurando-se assim de que ninguém seria responsabilizado por suas falhas pessoais. Os debates e comitês debilitaram a capacidade de governar e impediram o progresso. O Imperador Palpatine acredita que os seres não são todos iguais e que as decisões determinadas por uma maioria numérica não as valida.

O pacifismo da República era um escudo para os fracos. A guerra é o estado natural das coisas. Pense nas garras de um rancor, afiadas para manter sua sobrevivência e usadas

O Lorde Vader é mais do que um símbolo de inspiração. Suas ordens suplantam as de qualquer oficial, com exceção do Imperador em pessoa.

Os escritos de Tarkin são tão odiosos quanto o próprio. —Leia

para derramar sangue. Sob o governo do Imperador Palpatine, os cidadãos têm a oportunidade de testar sua coragem em assuntos de vida e morte. Os revolucionários — traidores e alienígenas selvagens que não se curvarem ao nosso Imperador e, em vez disso, tentarem desafiar sua autoridade — terão um fim impiedoso, com seus territórios incorporados ao nosso domínio. Somos um Império e, se queremos manter a força, *precisamos* expandir.

Em favor de um governo claro e absoluto, o Império põe de lado os falsos construtos sociais. Os fardos de liberdades desnecessárias caíram, e o poder centralizado veio à tona. Na Nova Ordem, ninguém tem dúvidas a respeito do próprio lugar.

Enquanto comandante das forças armadas, você tem um papel vital na projeção do poder Imperial. Essa autoridade é necessária tanto internamente — para manter os Mundos do Núcleo e outras áreas conquistadas — quanto na fronteira, onde nossas forças reivindicam novos territórios em nome do Imperador.

Conquistar planetas para extrair minérios e escravizar seu povo; é isso que quer dizer o expansionismo do Império. Ainda bem que começamos a reverter seus avanços. —Mothma

A DOUTRINA TARKIN: UM PROJETO PARA A SUPREMACIA

Não quero buscar a glória em detrimento do meu Imperador, embora meu plano de reestruturação tenha sido amplamente conhecido como "Doutrina Tarkin" sem que eu me esforçasse para isso. Quando levei a proposta ao Imperador pela primeira vez, tinha certeza de que um homem na posição dele valorizaria as ideias de um visionário similar.

A Doutrina Tarkin é o próximo passo no desenvolvimento da Nova Ordem. Seguindo três princípios norteadores, o Império por fim desmontará o que ainda resta da Velha República e inspirará a disciplina por meio da intimidação.

PRINCÍPIO I: CONSOLIDAÇÃO TERRITORIAL

A República dividiu a galáxia em milhares de setores, cada um com um senador que supostamente representa trilhões de cidadãos. Esse sistema fez nascer um caos barulhento. De qualquer forma, assim como vestígios do Senado Imperial, ainda restam fragmentos desse sistema.

Em breve, o Senado Imperial terá fim, e, sob a Doutrina Tarkin, isso também ocorrerá com a primazia dos governos setoriais. O mapa galáctico atual será dividido em Macrossetores, cada um abrigando dezenas ou centenas de setores menores. Um Grande Moff comandará cada Macrossetor e receberá uma quantidade generosa de militares para sua estação.

Os Macrossetores permitirão que as forças armadas Imperiais reajam de forma rápida e decisiva. Por muito tempo, nossos inimigos têm se fiado numa estratégia de ataques ágeis, confiando na crença de que um simples hipersalto os tiraria da jurisdição da patrulha de setor mais próxima. Um Grande Moff no comando de um Macrossetor não pensará duas vezes antes de cruzar fronteiras entre setores nem terá necessidade de consultar os políticos locais quanto às ações do Império.

Ah, nós aprendemos rápido. Organize ataques na fronteira de um Macrossetor, e você atrairá dois Grandes Moffs para uma guerra territorial. — Wedge

Tendo sido nomeado para o posto pelo Imperador Palpatine em pessoa, sou o primeiro dos Grandes Moffs. Assumi o controle do Macrossetor Exterior, que engloba todas as posses Imperiais ao longo dos Territórios da Orla Exterior. Esse domínio é uma vasta e contínua faixa de território. Meu próprio império, alguém poderá dizer, embora eu seja rápido

MACROSSETORES TERRITORIAIS

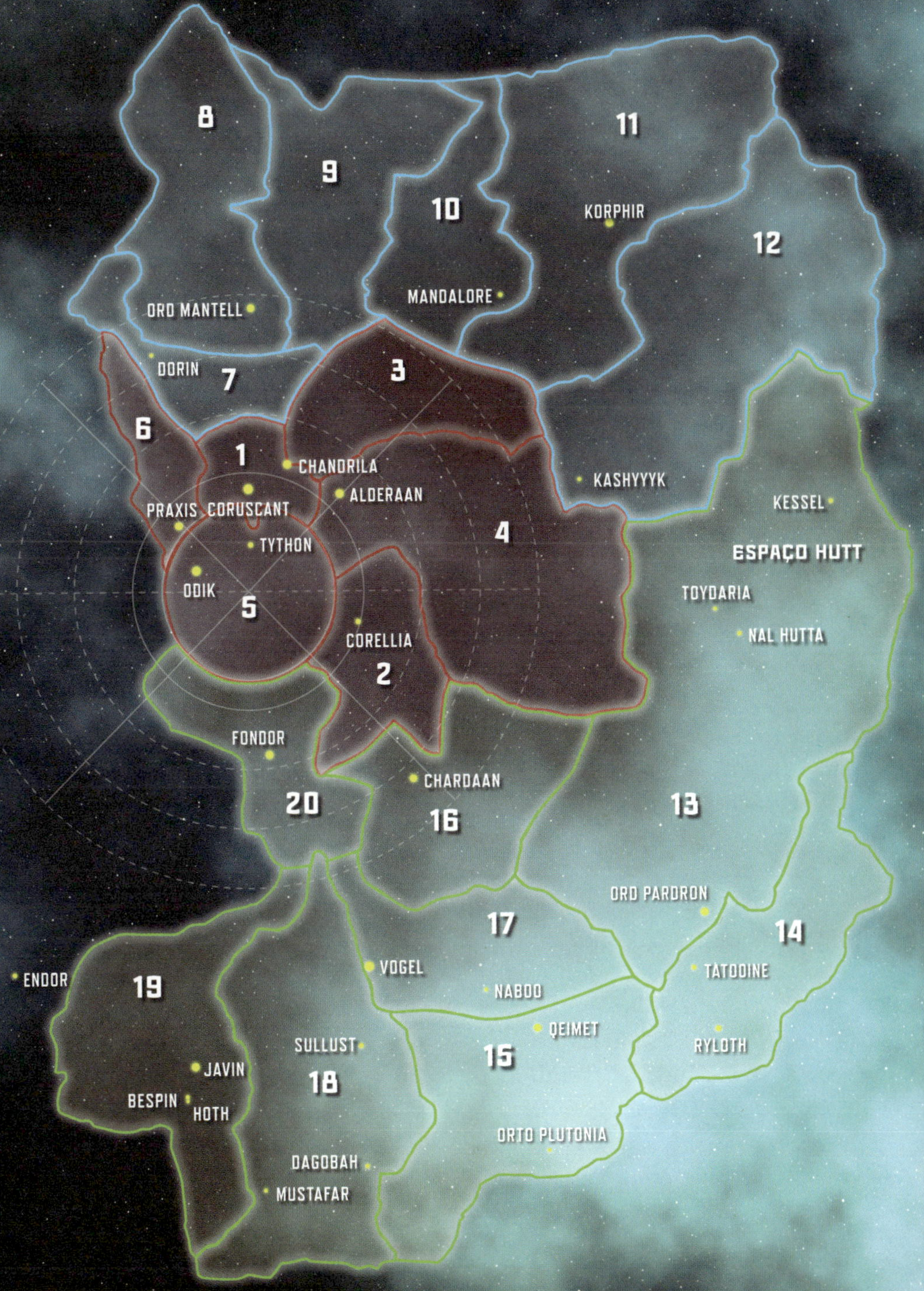

ao desencorajar quem tente me enaltecer dessa forma. Minhas ações servem à Sua Majestade Imperial.

PRINCÍPIO II: COMUNICAÇÃO VELOZ

O HoloNet, que permite a comunicação face a face a milhares de anos-luz de distância, é uma das maravilhas da tecnologia galáctica. Logo, é valioso demais para que caia nas mãos do público. Com a Doutrina Tarkin, todos os aparelhos de recepção e transmissão serão realocados para os grupos de setores Imperiais, e toda a rede passará a ter como prioridade a coordenação das forças militares. Cada nave-capitânea receberá seu próprio aparelho e terá contato direto com o comando do Macrossetor, que, por sua vez, terá acesso à comunicação direta com o Alto-Comando Imperial em Coruscant. Nossos inimigos não contam com essa habilidade e passarão a operar em desvantagem. Além disso, setores Imperiais extensos não poderão mais viver como selvagens por falta de disciplina — não com a autoridade central observando cada movimento deles.

PRINCÍPIO III: O DOMÍNIO DO MEDO

No papel de comandante militar, você sabe que as forças armadas espalham o terror de forma excepcional. Os Destróieres Estelares, AT-ATs e stormtroopers são mais do que ferramentas — são símbolos da força Imperial. É essa a ideia por trás do domínio do medo. O *medo* do ataque pode ser tão poderoso quanto o uso da força.

Ainda assim, devo apontar a falha? As forças armadas Imperiais contam com equipamento, treinamento e números superiores. Mas nossos inimigos já sabem como lutar contra isso. Eles sabem combater na guerra naval tradicional e como destruir veículos blindados durante uma invasão planetária. Essas táticas de campo de batalha existem há milênios.

No entanto, com uma arma que só os recursos Imperiais são capazes de produzir, uma arma cujo efeito é tão devastador que desafia a explicação lógica, quem poderia se opor a tal estratégia? Essa extraordinária intimidação seria um golpe tão desmoralizante que o inimigo nunca mais conseguiria se recuperar. Ela se tornaria um novo símbolo, exemplo da invencibilidade do Império. Ao usar esta arma, acabaríamos com qualquer esperança de resistência.

Não se trata de sonho. Tomei para mim a tarefa de pesquisar e produzir uma superarma para uso do

Quem ele quer enganar? Uma semana depois disso, era possível comprar aparelhos de HoloNet contrabandeados das mãos de qualquer trambiqueiro em Nar Shaddaa. — Han

Império. Com apenas um punhado delas — e boatos espalhados pela propaganda —, os cidadãos serão alertados contra a desobediência. Caso a rebeldia persista, as populações problemáticas serão sacrificadas para servir de exemplo. Quando a Doutrina Tarkin estiver em ação, o domínio do Império será absoluto por toda a galáxia.

O domínio por meio do medo não faz sentido se você não puder cumprir suas ameaças. Não demonstre piedade com traidores.

A REBELIÃO: UMA AMEAÇA MALIGNA À ORDEM IMPERIAL

A implementação da Doutrina Tarkin é fundamental, pois o Império está sitiado por maus elementos e traidores. Os principais deles são os idiotas que deram palavra de honra à "Aliança para Restauração da República".

Eles são um bando de traidores e ignorantes choramingões, os Rebeldes. Estão convencidos de que podem voltar a um tempo de idealismo que só existe em suas memórias obscuras e imaginações limitadas. A República morreu há duas décadas, e, à luz dos triunfos do Império, seus fracassos nunca se mostraram tão claros.

Infelizmente, não podemos ignorar os Rebeldes. Em todo o Império, seus métodos covardes levaram à morte soldados e cidadãos da mesma forma.

As origens da Rebelião têm raízes nas Guerras Clônicas. Uma minoria política que se autodenomina Delegação dos 2.000 tentou impor sua vontade ao Supremo Chanceler Palpatine. Apesar das cadeiras que ocupavam no Comitê Leal a Palpatine, os senadores Bail Organa, de Alderaan, e Mon Mothma, de Chandrila, exigiram concessões que teriam drenado o poder executivo na direção de suas mãos gananciosas e ávidas. Quando a desesperada tentativa de reassumir o controle falhou, a Nova Ordem surgiu.

O Imperador emitiu mandados de prisão contra a maioria dos que haviam assinado a Petição dos 2.000. Demonstrando uma obediência apenas aparente, Organa e Mon Mothma mantiveram suas carreiras políticas. Nos bastidores, arquitetaram a unificação de bandos desiguais de insurgentes àquilo que eles chamaram de Aliança Rebelde.

Os Rebeldes são traidores e insurretos. Por causa de suas ações, estão sentenciados à morte. É a existência da Rebelião que sublinha a necessidade de superarmas, e, se civis morrerem durante o processo, é porque era para ser assim mesmo. Não podemos esperar que nossas mãos fiquem limpas quando limparmos essa escória Rebelde da galáxia.

Se queremos inspirar mais oficiais Imperiais a desertar, acho que a Aliança precisará lidar com os delírios de Tarkin. A maioria dos oficiais Imperiais de alto escalão foi doutrinada com histórias semelhantes.

—Mothma

A REBELIÃO: AMEAÇAS ATIVAS

Os Rebeldes montaram uma força militar e a puseram sob o comando de velhos generais. Eles contam com soldados, grandes naves de guerra, veículos terrestres e caças estelares. Em geral, seus recrutas são inexperientes e nunca foram testados. É comum que seus oficiais estejam fora da realidade e iludidos, com a esperança de reviver triunfos das Guerras Clônicas.

OS COMANDOS DE PAGE

Os Rebeldes são definidos por apostar na guerra de guerrilha. As forças especiais Rebeldes são excelentes nessa tática, e os Comandos de Page são os melhores entre os melhores. Empenhados em sabotar e destruir, os membros dos Comandos de Page são um alvo prioritário da Inteligência Imperial para captura e interrogatório.

ESPECIALIDADES DA UNIDADE: Demolição, sequestro, terrorismo, inspirar a insurgência planetária generalizada

PESSOAL-CHAVE: Major Bren Derlin, Tenente Judder Page

É BOM VER O NOME DE DERLIN LIGADO À DESTRUIÇÃO QUE ELE TEM CAUSADO. ELE VEM GANHANDO NOTORIEDADE.
— RIEEKAN

ESQUADRÃO VERMELHO

Ao longo de anos, a Rebelião tem construído um caça estelar capaz de ataques rápidos, e recentemente foi abençoada ao adquirir os modelos T-65 X-Wing de um engenheiro traidor da Incom. O Esquadrão Vermelho é composto pelos principais pilotos de caça da Rebelião. A unidade usa principalmente o X-Wing, mas, para bombardeio pesado, conta também com o BTL-A4 Y-Wing, da Koensayr. Sua lista cada vez maior de êxitos levou o Comando da Aliança a fazer do Esquadrão Vermelho uma unidade de voo que pode ser realocada quando e onde necessário.

ÁREA DE OPERAÇÃO: Espaço

ESPECIALIDADES DA UNIDADE: Combate aéreo entre caças estelares, ataques a comboios, missões de escolta de comboio, metralhamento e bombardeio a planetas, atividades hostis contra grandes naves de guerra

PESSOAL-CHAVE: Comandante Arhul Narra, Tenente Wedge Antilles

Entrei na lista! De certa forma, eu me sinto honrado. Narra foi o dobro do piloto que eu jamais serei. — Wedge

APÓS A BATALHA DE YAVIN, OS VERMELHOS SE TORNARAM OS VAMPIROS. SE O IMPÉRIO PENSAVA QUE JÁ TINHA PROBLEMAS ANTES...
—LUKE

ALVOS ALTAMENTE COMPENSADORES

Os indivíduos a seguir são procurados pelo Império. Dossiês completos estão disponíveis mediante pedido. Os que estão assinalados com "captura" ou "extermínio" tiveram as informações passadas para agentes autorizados da Guilda de Caçadores de Recompensa. Caso tenha informações dos paradeiros ou das atividades de qualquer um dos alvos a seguir, contate a Inteligência Imperial e o Grande Moff do Macrossetor em questão.

MARCADOS PARA OBSERVAÇÃO OU PRISÃO

ALMIRANTE GIAL ACKBAR, MON CALA
Comandante naval e estrategista;
suspeito de ser colaborador Rebelde

BORSK FEY'LYA, KOTHLIS
Agente de alto escalão da Rede de Espionagem
Bothana; suspeito de ser conselheiro político Rebelde

SENADOR BAIL ORGANA, ALDERAAN
Suspeito de ser conselheiro político Rebelde

NOTA: Sua filha, Leia Organa, é a dona atual da cadeira de Alderaan no Senado, e suspeita-se que seja uma provocadora.

Gostaria de pensar que subi alguns postos nos anos desde que isso apareceu.
—Leia

MARCADOS PARA CAPTURA OU EXTERMÍNIO

SENADORA MON MOTHMA, CHANDRILA
Comandante-chefe Rebelde

GENERAL AIREN CRACKEN, CONTRUUM
Comandante da Inteligência da Aliança

GENERAL JAN DODONNA, COMMENOR
Comandante do Comando de Caças Estelares da Aliança

SENADOR GARM BEL IBLIS, CORELLIA
General Rebelde, talvez montando um exército próprio

GENERAL CARLIST RIEEKAN, ALDERAAN
Comandante militar Rebelde

Quinto mandado atrás de Bel Iblis? Você está escapando, velho amigo. – MADINE

A Aliança jamais usará superarmas, mas também não podemos permitir que elas caiam nas mãos de senhores de guerra ou criminosos. A destruição é o único desenlace aceitável. —Mothma

SUPERARMAS

Por Bevel Lemelisk, Departamento Imperial de Pesquisa Militar (DIPM)

Poderio militar ilimitado e comprimido em uma única máquina de destruição. Não é fantasia. Durante milênios, senhores da guerra e reis têm buscado o poder de fogo concentrado. Aqui, no DIPM, descobrimos novos meios de aproveitar o poder dos enormes e lendários cristais kyber. Estamos trabalhando duro para construir a próxima geração de superarmas a serviço do Imperador Palpatine.

O QUE É UMA SUPERARMA?

Excelente pergunta! "Superarma" não é um termo específico, mas, em geral, descreve qualquer arma cuja capacidade supere por grande margem todas as demais no campo de batalha. Na Coruscant pré-histórica, talvez o bastão de brasas dos zhell tenha passado por superarma. Hoje em dia, temos capacidade de destruir a própria Coruscant. Mas estou indo rápido demais.

AS SUPERARMAS JÁ EXISTIAM ANTES DO IMPÉRIO?

Ah, com certeza! No entanto, devo dizer que o DIPM elevou a ciência das superarmas ao status de uma arte excepcional.

Basta verificar os registros sobre a Forja Estelar dos Rakata para ler a respeito de uma superarma histórica; essa estação espacial produziu equipamento de guerra ilimitado dia e noite, sem parar. Ou faça uma busca sobre o Dispositivo Shawken. Esse construto primitivo seria capaz de deixar o universo em chamas ou fazê-lo entrar em estado de singularidade, dependendo do tipo de holothriller que você preferir. Outras histórias falam de armas de imensa escala, postas em funcionamento durante antigas batalhas entre os Sith e os Jedi.

TIVE UM ENCONTRO FRENTE A FRENTE COM O DISPOSITIVO SHAWKEN. EU O DESLIGUEI, E ME SINTO FELIZ POR NUNCA SABER SE ELE ERA UMA FARSA OU NÃO. —LUKE

A seguir, falarei a respeito de dois dos meus exemplos favoritos. Veja os monumentos dos nossos ancestrais que inspiram o DIPM.

TAMBOR DE CHOQUE

O Império Sith construiu este dispositivo há mais de três milênios e abriu vantagem num período de trégua na guerra contra a República. Quando posicionado na superfície planetária, o Tambor de Choque emitia ondas ultrassônicas concêntricas. Durante o curso de horas ou dias, essas ondas se tornavam cada vez mais fortes até serem capazes de fazer continentes inteiros chacoalharem. Embora nunca testado, o dispositivo, sozinho, poderia, em tese, destruir um planeta.

ARMA ATIVA: Ressonador ultrassônico

PODER DESTRUTIVO: Incapacitar aparelhos eletrônicos e enfraquecer suportes estruturais em um raio que se expande aos poucos; outras funções destrutivas não foram comprovadas

GERADOR DE MASSA SOMBRIA

Eis um conceito inteligente: aproveitar as particularidades da física interespacial! Se a documentação sobrevivente está correta, o reator que alimentava o Gerador de Massa Sombria existia, simultaneamente, no espaço real e no hiperespaço. Isso o permitia absorver a energia latente da massa sombria de um planeta e liberá-la como uma perigosa onda gravitacional. Consta nos registros que a República instalou o Gerador em Malachor V, perto do fim das Guerras Mandalorianas. Funcionou? Malachor V já não existe mais, então com certeza o Gerador fez *algo*.

INVESTIGAR MALACHOR ATRÁS DE POSSÍVEIS ARTEFATOS SITH OU JEDI? —LUKE

ARMA ATIVA: Gerador gravitacional hiperespacial

PODER DESTRUTIVO: Aniquilação de grandes naves de guerra e estações espaciais; possível destruição do núcleo de um planeta

DE QUAIS SUPERARMAS O IMPÉRIO DISPÕE ATUALMENTE?

Muitas! Descreverei algumas a seguir, mas saiba que, mesmo com seu nível de acesso a informações confidenciais, muitos projetos ativos precisam continuar em segredo.

ESFERA-TORPEDO

A esfera-torpedo é uma plataforma de cerco orbital de aproximadamente 1.900 km de diâmetro. Cada exemplar está equipado com 125 conjuntos de tubos para atirar torpedos de prótons. Ao dispará-los sucessivamente com rapidez, a esfera-torpedo é capaz de arruinar grandes naves de guerra. O Império vem produzindo centenas delas nos últimos anos. Então, se você ainda não viu uma, verá em breve.

Muitos desses ainda estão nas mãos Imperiais. Conforme capturamos mais territórios, tenho medo de que os comandantes Imperiais teimem em manter seus planetas usando essas Estrelas da Morte em miniatura como fortalezas. —Leia

ARMA ATIVA: Torpedos de prótons

PODER DESTRUTIVO: Danos concentrados em decorrência de repetitivos impactos de torpedo dentro de uma pequena área; pode tanto destruir uma nave de guerra quanto bombardear uma cidade grande

Se a Aliança precisa eliminar uma Estrela da Morte, acho que temos algumas pessoas aqui capazes de executar essa tarefa. —Wedge

INTENSIFICADOR ELETROMAGNÉTICO VISUAL

Menos IEVs do que eu gostaria funcionam ativamente, e culpo a mim mesmo por isso. O desenvolvimento deles é trabalhoso e demorado. Esta arma é uma rede de satélites em uma órbita estável e sincronizada sobre um planeta-alvo. Ela amplia a luz, provocando cegueira e queimaduras na população da superfície. Ferver o mar? Com o IEV, isso nunca foi tão fácil!

ARMA ATIVA: Radiação eletromagnética amplificada

PODER DESTRUTIVO: Aumento da temperatura, enchentes catastróficas, secas, tempestades de fogo, entre outros

MANTO NOTURNO ORBITAL

Recentemente, o DIPM fez ajustes no Intensificador Eletromagnético Visual e lançou um novo produto: o Manto Noturno Orbital. Esta arma é uma rede de satélites semelhante ao IEV, mas com outra função: ela intercepta a luz visível e outros comprimentos de onda eletromagnéticos, mergulhando o planeta em uma escuridão sem fim... até que você mude de ideia. Embora seja verdade que a destruição de um único satélite fará toda a rede entrar em curto-circuito, não é para evitar isso que a Marinha existe? Para manter os satélites em segurança? O DIPM não pode fazer tudo.

Uma falha fatal aqui. O Esquadrão Vampiro destruiu um manto inteiro com um X-Wing e um único torpedo de prótons. — Wedge

ARMA ATIVA: Interceptação de radiação eletromagnética

PODER DESTRUTIVO: Diminuição da temperatura, acúmulo de gelo em proporções catastróficas, perda agricultural em massa, fome etc.

QUE SUPERARMAS PODEMOS ESPERAR DO DIPM NO FUTURO PRÓXIMO?

Como eu gostaria de poder responder a essa pergunta com as informações privilegiadas que detenho! Mas basta dizer que nossos pesquisadores estão isolados nas instalações de teste e em grupos de pesquisa por todo o Império, escondidos dos olhares indiscretos e de sabotadores. Os projetos listados a seguir são experimentais e ainda estão em fase de testes. Espero lhe dar um aperitivo das glórias brilhantes por vir.

DESTRÓIER ESTELAR COM SUPERLASER

Por meio da retromontagem, aprendemos como fazer do superlaser a espinha dorsal do Destróier Estelar! Isso o permitiria destruir uma lua de pequeno porte ou rachar um continente ao meio. Os testes começaram com o *Conqueror*, e há mais por vir assim que resolvermos questões de miniaturização e potência de saída.

Destruição confirmada em Mustafar. — MADINE

ARMA ATIVA: Gerador de superlaser e disco focalizador

Você nem precisa de um ataque conjunto de caças estelares. Da própria superfície do planeta, um comando com um míssil teleguiado é capaz de travar a mira e destruir um satélite. — MADINE

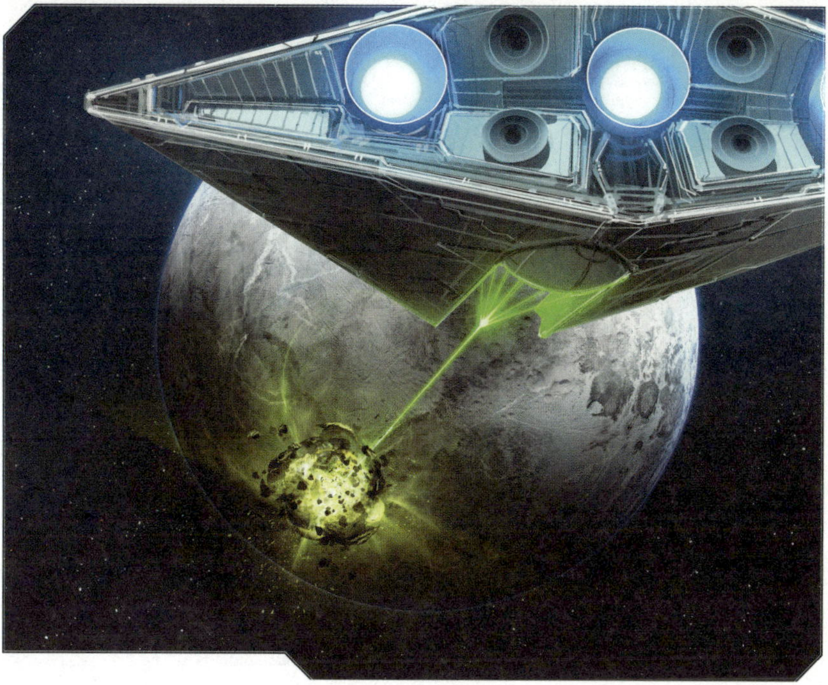

Os superlasers equipados prometem derreter cidades.

PODER DESTRUTIVO: Aniquilação de uma lua de pequeno porte (menos de 200 km de diâmetro)

CRISTAL DE MUDANÇA DE FASE DE METAIS

Sou fã do CMFM, embora reconheça que precise renomeá-lo antes de colocá-lo em atividade. Nos testes iniciais, o CMFM tem projetado um campo de energia que enfraquece as ligações moleculares do alvo. Uma área de dura-aço banhada por ele logo ficará crivada de milhares de microscópicas rachaduras. Caso ocorresse no casco pressurizado de uma nave de guerra, isso causaria uma perda de integridade em nível catastrófico e perda da atmosfera dentro da nave em direção ao espaço.

ARMA ATIVA: Campo de reconfiguração molecular confidencial do CMFM

PODER DESTRUTIVO: Grandes naves de guerra e pequenas naves espaciais (destruídas de forma indireta por meio do enfraquecimento do casco)

NOTA: Todas as superarmas listadas aqui como experimentais ou planejadas devem ser encaminhadas para o Almirante Drayson, na Inteligência.

—Mothma

Destruição confirmada no Corredor Feswe. Mas o que aconteceu com a tecnologia? Alguém está de olho na TaggeCo? – MADINE

CONGELADOR ÔMEGA

A TaggeCo, uma corporação Imperial nacionalizada, tem contribuído com algumas melhorias encorajadoras em um projeto apelidado de Congelador Ômega. Esta arma usa duas torres condutoras para projetar um campo de energia por milhares de quilômetros. Dentro dele, a umidade é congelada de imediato, e as moléculas têm vibração mínima enquanto se aproximam cada vez mais do zero absoluto.

ARMA ATIVA: Raio congelante

PODER DESTRUTIVO: Extermínio da maioria dos veículos e das estruturas; morte instantânea para qualquer organismo vivo

DEVASTADOR DE MUNDOS

Este sim é um que a COMPNOR vai adorar! Meu colega Dr. Leth permitiu que eu revelasse informações básicas a respeito desta promissora linha de pesquisa. Os Devastadores de Mundos são naves de guerra que pairam na superfície de um planeta usando repulsores antigravitacionais. Eles projetam um poderoso raio trator de seu compartimento ventral e sugam detritos da superfície para seus ventres, onde são fundidos em minério bruto. Então, as fábricas internas produzem caças de ataque automáticos que proporcionam aos Devastadores de Mundos uma cortina de escolta defensiva.

Nenhum dos estaleiros Imperiais que monitoramos atualmente está fabricando estes. Provavelmente o projeto não saiu da fase de planejamento. – MADINE

ARMA ATIVA: Raio trator extremamente poderoso e produção veloz de ativos de ataque

PODER DESTRUTIVO: Danos contínuos e prolongados à infraestrutura planetária

Sistemas congelados e cascos cobertos de gelo: estas naves foram vítimas do Congelador Ômega.

ESTAÇÃO DE BATALHA ORBITAL IMPERIAL EM-1: A ESTRELA DA MORTE

Mais uma vez, obtive permissão para compartilhar apenas os dados essenciais da maior realização do DIPM. A EM-1 é a pedra angular da doutrina Imperial de "projeção do poder", e aqueles que entendem o princípio do domínio pelo medo gostarão do nome atribuído a ela em comunicados de baixa segurança, que têm grande chance de serem interceptados pela Rede de Espionagem Bothana (e, de lá, chegar até as mãos dos Rebeldes): Estrela da Morte.

A Estrela da Morte é o ápice de mais de duas décadas de pesquisa militar. No começo, era chamada de Arma, um projeto incubado pelas multidões Geonosianas durante as Guerras Clônicas, que os Separatistas usariam contra a República. O projeto se fundiu com o do Planetoide Expedicionário de Batalha (desenvolvido pelo projetista de naves estelares Raith Sienar e pelo nosso Grande Moff Tarkin). O resultado é a EM-1.

A construção desta lua de metal foi uma das grandes realizações do Império. Concebida por diversos gênios, a Estrela da Morte tomou forma pelas mãos de Wookiees recrutados. Tendo sido finalizada, os comandantes Imperiais estão livres para se maravilhar com seu acabamento e poder.

Mais Estrelas da Morte serão produzidas? Só o tempo dirá, mas nós do DIPM temos explorado dois cenários. No primeiro, mundos-fábricas mudarão sua produção e passarão a fabricar duplicatas de linha de montagem do modelo atual da EM-1. No segundo, o Império construirá uma Estrela da Morte ainda maior e mais perigosa, com 160 km de diâmetro.

Estou confiante de que isto é apenas o começo. Passei uma vida no campo de pesquisa militar, e nenhum cliente jamais se satisfez com uma única "arma definitiva".

Nota: Caso seja questionado por uma agência de notícias não Imperial a respeito da estação de batalha EM-1, ou Estrela da Morte, por favor, use o nome oficial: Extrator de Minério Planetário Imperial. Por precaução, informe também ao Departamento de Segurança Imperial o nome de quem fez a pergunta para um acompanhamento completo.

CONFIGURAÇÕES GERAIS

» 120 km de diâmetro
» Dois hemisférios polares, 12 zonas radiais
» Trincheira de 1 km na região equatorial
» Casco de aço quadânio
» Energia, suprimentos e bens de consumo suficientes para 3 anos de operação contínua

PESSOAL

» 343 mil tripulantes da Marinha
» 27 mil oficiais da Marinha
» 57.300 artilheiros
» 285.700 membros de equipes de apoio e manutenção
» 167.200 pilotos (caças estelares, transportadores, rebocadores, etc.)
» 42.800 membros de equipes de apoio a naves estelares
» 607.400 tropas do Exército
» 26 mil stormtroopers
» 400 mil droides
» 843 mil passageiros (estimativa)

SUPERLASER DE FEIXE COMPOSTO (FIGURA 1)

» Posição: hemisfério Norte
» 8 tubos aceleradores de partículas projetam feixes individuais que convergem para um disco focalizador e formam um único feixe superlaser
» Potência de saída: Variável. As configurações vão de grandes naves de guerra a planetas. O tempo aproximado de recarga do laser varia de 1 a 24 horas.
» Alcance: 47.060.000 km

SISTEMAS DE ARMAS SECUNDÁRIAS (FIGURA 2)

» 15 mil baterias de turbolaser D6 da Taim & Bak
» 5 mil turbolasers pesados XX-9 da Taim & Bak
» 2.500 canhões de laser SB-920
» 2.500 canhões de íons MS-1 da Borstel Galactic Defense
» 1.400 canhões de laser SB-920
» 768 geradores de raios tratores da Phylon
» 440 bancadas de lançamento de torpedos de prótons

REATOR (FIGURA 3)

» Reator de hipermatéria SFS-CR27200 da Sienar Fleet Systems
» Abertura de exaustão térmica para resíduos de reator de hipermatéria

ESSAS ABERTURAS DAVAM DIRETAMENTE NO REATOR. SOBRECARGA IMEDIATA. —LUKE

Eles teriam consertado isso na segunda Estrela da Morte, mas nós aparecemos antes de eles conseguirem terminar. — Wedge

Quem constrói alguma coisa em torno de hipermatéria não deve ficar surpreso quando ela explode. — Han

CIDADES (FIGURA 4)

O interior da EM-1 é dividido em 84 níveis internos, com 257 subníveis cada. As zonas habitáveis da estação são organizadas em unidades autônomas do tamanho de cidades replicadas em configurações praticamente idênticas. Entre os recursos mais comuns estão:

» Arsenais
» Blocos de detenção
» Compactação de resíduos
» Salas de conferência
» Hangares para caças estelares TIE (72 TIEs que ficam em porta-caças acoplados ao teto)
» Compartimento de pouso para transportadores (contenção atmosférica por campo magnético)

EFETIVO DE ESPAÇONAVES E VEÍCULOS (FIGURA 5)

» 7 mil caças estelares TIE
» 4 cruzadores estelares
» 3.600 lançadeiras de assalto
» 1.860 transportadores de desembarque
» 1.400 andadores AT-AT
» 1.400 andadores AT-ST de reconhecimento

Mesmo com tudo isso, a Estrela da Morte nunca chegou a lançar mais do que alguns esquadrões contra nós. Sorte nossa. — Wedge

MOTORES DE HIPERESPAÇO E ABAIXO DA VELOCIDADE DA LUZ (FIGURA 6)

» Dois motores Sepma 30-5 para propulsão abaixo da velocidade da luz (máximo de 10 megaluzes)
» Hiperpropulsor Classe 4.0 com 123 geradores SSP06 de hiperpropulsão interligados da Isu-Sim
» Hiperpropulsor de reserva Classe 20.0

SALA DE CONTROLE (FIGURA 7)

Esta sala de guerra blindada se localiza acima do disco focalizador de superlaser. Dali, o comando executivo supervisiona as operações da Estrela da Morte, as estações de batalha conectadas ao Exército e à Marinha Imperiais e à Tropa de Stormtroopers. Além disso, tem acesso aos hologramas táticos e à cabine de comunicações seguras.

Eu estava na Sala de Guerra e assisti às mortes de dois bilhões de Alderaanianos. Pouco depois, todos naquela sala também morreram, e sou grata por isso. — Leia

SALA DO TRONO (FIGURA 8)

Localizado no topo de uma torre de 100 metros perto do polo norte, esta sala tem todas as comodidades para Sua Majestade Imperial, incluindo um elevador turbo e um trono com controles de comando. O acesso ao local é limitado ao Imperador, seus conselheiros e à Guarda Real.

FIGURA 1
FIGURA 6

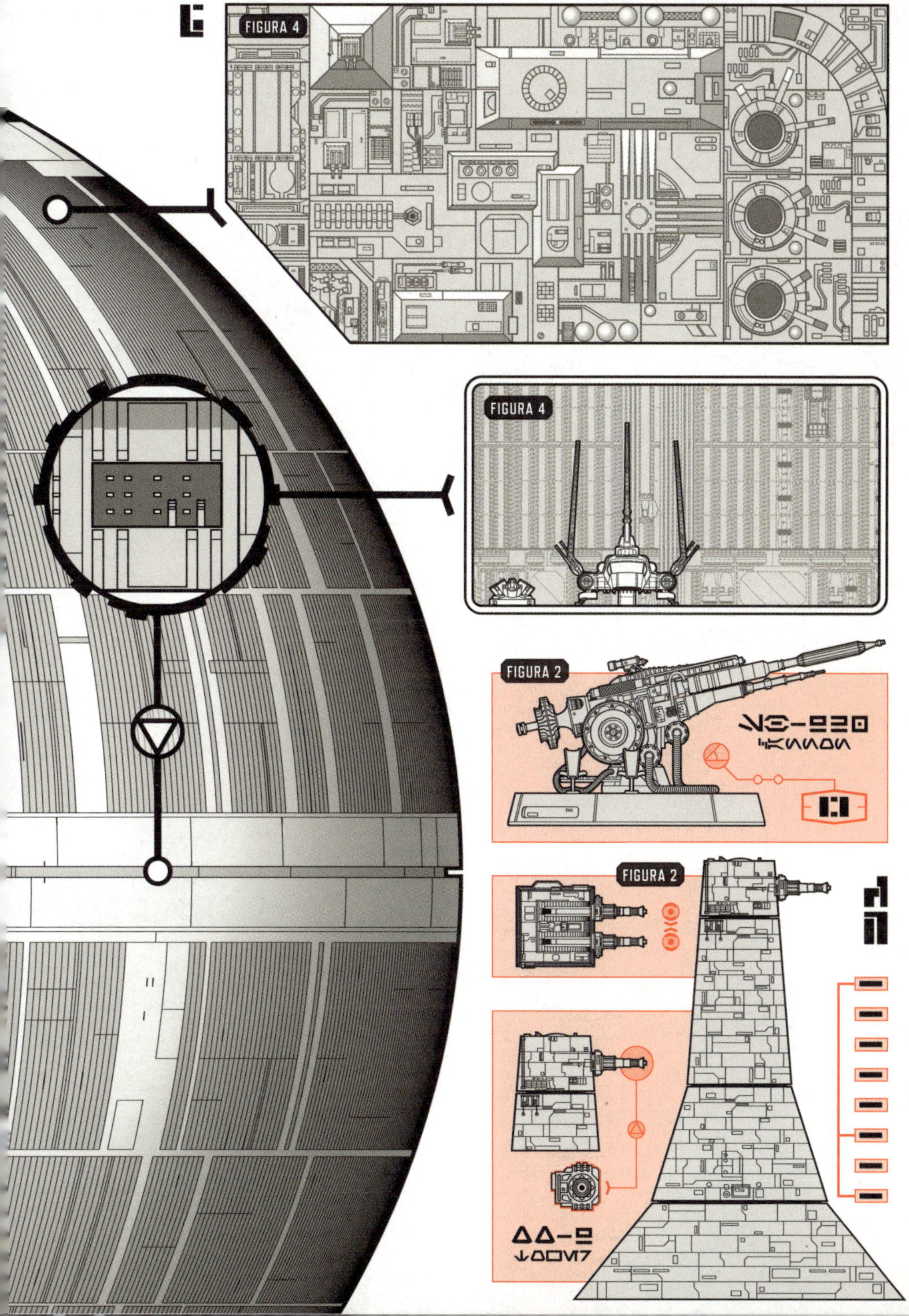
FIGURA 4
FIGURA 4
FIGURA 2
FIGURA 2

FIGURA 3
FIGURA 3

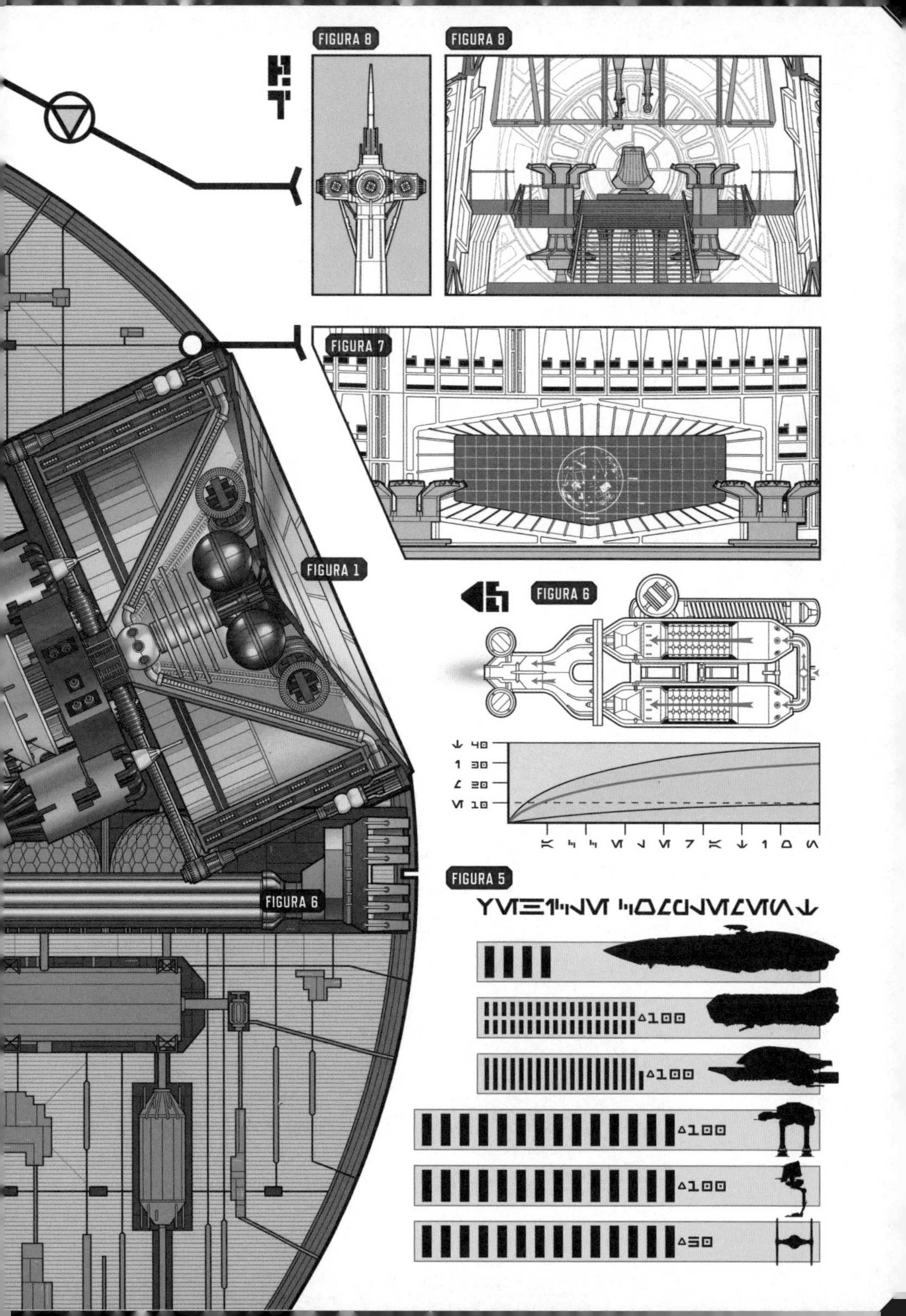
FIGURA 8
FIGURA 8
FIGURA 7
FIGURA 1
FIGURA 6
FIGURA 6
FIGURA 5

IMQ-54544-XX-07 AUTORIZAÇÃO DE SEGURANÇA NÍVEL PRETO EM-1
ESTAÇÃO DE BATALHA ORBITAL:

ALVOS PRIORITÁRIOS

AVISO: A ativação do superlaser representa uma enorme despesa às forças armadas Imperiais, bem como a perda de um possível recurso estratégico em planeta habitável ou rico em algum recurso. A lista de alvos prioritários está agrupada de acordo com o dano em potencial causado nos recursos do inimigo.

ANTES DE ATIVAR O SUPERLASER DA EM-1, OBTENHA UM RELATO COMPLETO E ATUALIZADO FEITO PELA INTELIGÊNCIA IMPERIAL A RESPEITO DE QUALQUER ALVO.

APENAS OS FUNCIONÁRIOS EM POSTOS ADMINISTRATIVOS DO MACROSSETOR E QUE SAIBAM OS CÓDIGOS DE ATIVAÇÃO ATUAIS GERADOS PELA AGÊNCIA DO IMPERADOR PODEM ATIVAR O SUPERLASER DA EM-1.

NÃO ACIONE O SUPERLASER CONTRA UM MUNDO SEM A AUTORIZAÇÃO EXPLÍCITA DO ALTO-COMANDO IMPERIAL E DE SUA MAJESTADE IMPERIAL.

BASES REBELDES EM POTENCIAL, ÁREAS DE TESTE OU DEPÓSITOS (NÃO CONFIRMADOS)

- Brigia
- Dantooine
- Edan II
- Golrath
- Polis Massa
- Talay
- Tierfon
- Tomark
- Vergesso

MUNDOS QUE FORNECEM AJUDA POLÍTICA OU ESTRATÉGICA À REBELIÃO

- Alderaan
- Chandrila
- Isis
- Kashyyyk
- Mon Cala
- New Plympto
- Ord Pardron
- Ralltiir
- Sullust

Uma Nota Final de Sua Majestade Imperial

Agora você tem conhecimento vital a respeito das forças armadas do Império. Mas este manual é a menor parte de sua lição.

Você é um comandante. Nesse papel, você deve se sobressair. Para se sobressair, você deve lutar, e, ao lutar, você pode morrer.

Ainda assim, mesmo na morte, você jamais será derrotado. Pois, erguido nos ombros de seus guerreiros, o Império é sempre vitorioso. A Marinha Imperial, o Exército Imperial e Tropa de Stormtroopers continuarão a lutar após sua morte.

Com seu serviço, nós derrotamos nossos inimigos. Com o extraordinário poder de nossas superarmas, garantimos que os inimigos derrotados permaneçam intimidados.

Não há chamado maior do que vestir o uniforme das forças armadas Imperiais. Vá em frente e faça valer a minha vontade.

Imperador Palpatine

Manual do Império: Guia do Comandante é produzido por becker&mayer! LLC
um selo de The Quarto Group
142 West 36th Street 4th Floor, New York, New York 10018
www.Quarto.com

Editor: Delia Greve
Designer: Rosanna Villarta Brockley
Coordenação do produto: Jennifer Marx
LucasfilmL td.
Editor-executivo: J.W. Rinzler
Diretor de arte: Troy Alders
Guardião do Holocron: Leland Chee
Diretor de publicação: Carol Roeder
www.starwars.com

Impresso na China

Tradução: Ângelo Lessa
Editoração: FA Studio

Texto e anotações escritos por Daniel Wallace
Ilustrações por: Chris Trevas e Chris Reiff: páginas 105–108, 152–155; Joe Corroney: páginas 41, 43, 45, 46, 48, 50–52, 80–85, 142, 143; John Van Fleet: páginas 67, 70, 71, 74, 77; Maciej Rebisz: páginas 15, 22, 35, 55, 147, 148; Russell Walks: páginas 4, 10, 126, 135, 139; Velvet Engine Studio: páginas 6, 16, 19, 24, 30, 31, 49, 53, 59, 62, 64, 73, 86, 92, 93, 94, 97, 98, 102, 103, 112, 114–121, 125, 127, 128, 131, 132, 142, 143, 158

Cip-Brasil. Catalogação na publicação
Sindicato Nacional dos Editores de Livros. RJ

W179m Wallace, Daniel, 1959-
Manual do império: guia do comandante / Daniel Wallace; tradução Ângelo Lessa. — 2. ed. — Rio de Janeiro: Bertrand Brasil, 2016.
160 p.: il; 21 cm.

Tradução de: Imperial handbook: a commander's guide
ISBN 978-85-286-1705-4

1. Star Wars (Filme) — Representação cinematográfica. 2. Ficção americana. I. Lessa, Ângelo. II. Título.

CDD: 791.4375
14-17517 CDU: 791

EDITORA BERTRAND BRASIL LTDA.
Rua Argentina, 171 – 2º andar – São Cristóvão
20921-380 – Rio de Janeiro – RJ
Tel.: (0xx21) 2585-2070 – Fax: (0xx21) 2585-2087

Atendimento e venda direta ao leitor:
mdireto@record.com.br ou (0xx21) 2585-2002